Lothar Seiwert

Gérer son temps pour réussir

MARABOUT

L'édition originale de cet ouvrage a été publiée pour la première fois en allemand sous le titre :
Das neue 1 x 1 des Zeitmanagement, par Gräfe und Unzer Verlag GmbH, Munich.
Photos : Andreas Hosch.

Traduction : Sabine Boccador.

Sommaire

4. La discipline : l'une des clés du succès 59

Index 88

Préface

Du temps pour réussir

De nombreux chefs d'entreprise travaillent plus de 10 heures par jour en moyenne et leurs semaines sont souvent de six ou sept jours. Si la gestion de leur temps de travail était maximisée, ces entrepreneurs pourraient s'activer moins et obtenir pourtant de meilleurs résultats. Ceci est également valable pour chacun de nous, quel que soit le métier que nous exerçons.
Nous gaspillons l'essentiel de notre énergie et de notre temps, parce que nos objectifs et nos priorités sont mal définis, nos plannings peu clairs et que notre vision d'ensemble est limitée.
Gérer son temps de travail, c'est savoir maîtriser et organiser ses tâches et son temps plutôt que de se laisser submerger.
Une utilisation plus adaptée du temps permet :

- d'obtenir de meilleurs résultats et donc d'augmenter le chiffre d'affaires, car le temps c'est de l'argent !
- de se consacrer plus amplement à d'autres activités, notamment aux loisirs, famille, amis et sport, car le temps c'est la vie !

Il s'agit de vous

Une gestion réussie du temps de travail dépend d'une juste conception des choses et d'un comportement adapté bien plus que de techniques affinées ou de méthodes astucieuses. Sans un minimum de discipline, vous n'y parviendrez pas.
L'autodiscipline quotidienne est la condition sine qua non pour atteindre vos objectifs. À vous de jouer !

Lothar Seiwert
www.seiwert.de

1. Que faites-vous de votre temps ?

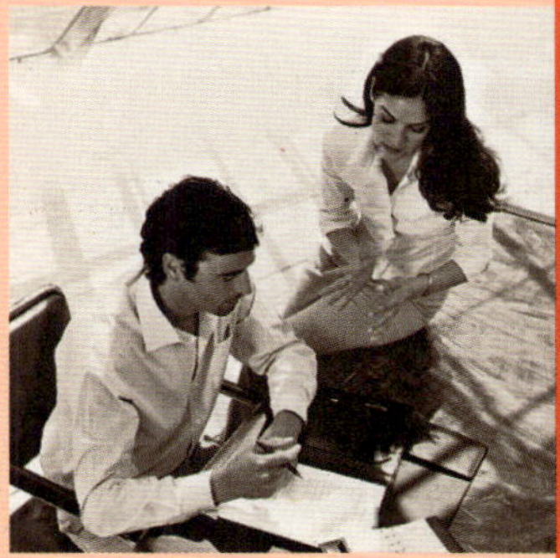

10

11

« Le temps est
comme le vent :
bien exploité,
il nous pousse
vers nos objectifs. »

Lothar Seiwert

Que faites-vous de votre temps ?

Utilisez le temps

Le temps est notre bien le plus précieux et l'un des mots clés de la langue française. Le temps vaut davantage que l'argent et nous nous devons donc de gérer convenablement notre capital.

L'une de nos principales missions dans l'existence est d'exploiter au maximum le temps qui nous est imparti.
Ceci ne signifie pas pour autant qu'il faille absolument rajouter à nos journées déjà bien remplies des activités supplémentaires, mais qu'il nous faudrait plutôt apprendre à consacrer notre temps de manière plus intense et consciente à ce qui est essentiel pour notre bien-être, c'est-à-dire aux belles choses de la vie, aux plaisirs et aux loisirs, aux projets et aux succès.

Le temps est un capital précieux :

- Le temps est un bien très rare.
- Le temps ne s'achète pas.
- Le temps ne peut ni être mis de côté ni stocké.
- Le temps ne peut être démultiplié.
- Le temps s'enfuit irrévocablement.
- Le temps, c'est la vie.

Notre capital temps est limité : même lorsque notre espérance de vie est élevée, nous disposons d'un maximum de 200 000 heures. La différence entre temps réel et temps perçu complique encore le calcul : en vacances, deux semaines défilent à la vitesse de l'éclair. Lorsque nous sommes absorbés dans des activités que nous aimons, nous pouvons perdre complètement la notion du temps et nous sommes alors pénétrés d'un sentiment de bonheur qui nous fait tout oublier. Ce temps qui file si vite est particulièrement précieux et plein.
À l'inverse, les vingt minutes consacrées à attendre le RER après le travail nous paraissent infinies ; un moment dont nous nous passerions volontiers.

Alors que le temps est un bien précieux, nous ne l'exploitons pas toujours comme nous le devrions. Nous le gaspillons parce que nos objectifs et nos priorités sont mal définis.

Conseil

Qu'il s'écoule lentement ou rapidement, nous ne pouvons suspendre le temps, ni le stocker. En revanche, il nous est possible de bien le gérer au lieu de le gâcher.
Il nous suffit de penser : aujourd'hui commence le premier jour du restant de mon existence !

Test d'évaluation personnelle

Par quels propos vous sentez-vous concerné ?

Faites la somme de toutes les cases cochées dans la colonne « oui ».

0 = non
1 = oui

	0	1
Comme nombre de gens actifs, je souffre de manque de temps et d'une surcharge de travail.		
Je me sens souvent stressé. Je suis souvent contraint de faire plusieurs choses à la fois. L'importance des responsabilités, de la masse de travail, les délais courts et la multiplicité des activités me mettent souvent sous pression.		
Je suis souvent submergé par le travail. Je réagis plus que je n'agis. Je suis littéralement dévoré par les clients, mon patron, les collègues, les coups de fil et la diversité des tâches.		
Je ne parviens à effectuer mes propres tâches qu'en dehors des horaires de travail. Pendant la journée, je suis constamment dérangé et ne peux rien entreprendre de manière continue.		
Je suis perpétuellement tiraillé entre les pôles travail et famille. Le temps que je consacre à ma profession et les heures supplémentaires sont autant de moments que je ne passe pas avec mes proches (famille et amis).		

Total des points : ___________

Évaluation :

0 – 1 point : vous n'avez pas de problème particulier concernant la gestion de votre temps.

2 – 3 points : vous vous situez dans la bonne moyenne des gens actifs.

4 – 5 points : vous êtes un véritable « accro » du travail et vous êtes sérieusement en danger !

Apprenez à maîtriser le temps

Vous ne parviendrez au meilleur emploi de votre temps qu'en ayant recours à une organisation consciente et permanente de vos journées.

Il s'agit de parvenir à maîtriser temps et travail plutôt que de se laisser submerger.

Les études récentes révèlent qu'un quart des chefs d'entreprise travaillent chaque week-end et près de la moitié un week-end sur deux. 12 % des responsables interrogés n'ont jamais le temps de déjeuner calmement le midi. Ils avalent un sandwich au bureau ou bien ne s'alimentent pas du tout. Vous sentez-vous concerné ? Êtes-vous esclave de vos rendez-vous ? Alors, il est grand temps de mettre un frein à cela.

Ceux auxquels tout a réussi ont généralement un point commun : à un moment donné de leur existence, ils se sont accordés une pause pour prendre le temps de la réflexion et penser sérieusement l'utilisation de leur capital temps.
Si l'on souhaite se donner toutes les chances de réussite, il est impératif de parvenir à se concentrer sérieusement sur la question de notre organisation : le temps mis à notre disposition doit être pensé et exploité si l'on veut atteindre nos objectifs tant personnels que professionnels. Ainsi parviendrons-nous à contrôler nos activités quotidiennes, à parvenir à une satisfaction personnelle et à une réelle progression.

Prends du temps...

1. Prends du temps pour travailler. C'est le prix du succès.
2. Prends du temps pour réfléchir. C'est la source de l'énergie.
3. Prends du temps pour jouer. C'est le secret de la jeunesse.
4. Prends du temps pour lire. C'est le fondement de la connaissance.
5. Prends du temps pour être aimable. C'est la porte du bonheur.
6. Prends du temps pour rêver. C'est la route vers les étoiles.
7. Prends du temps pour aimer. C'est la vraie joie de vivre.
8. Prends du temps pour être heureux. C'est la musique de l'âme.
9. Prends du temps pour profiter. C'est la récompense de l'action.
10. Prends du temps pour planifier. Ainsi te consacreras-tu à de nouvelles passions.

Poème irlandais

Action / Exercice

L'utilisation du temps

1. Quelle valeur une heure de mon existence a-t-elle pour moi ?

-
-
-

2. Mon capital temps est limité : suis-je aussi attentif à mon temps qu'à mon argent ?

-
-
-

3. Quelles sont les activités auxquelles j'accorde trop de temps et quelles sont celles auxquelles je devrais me consacrer davantage ?

-
-
-

4. Que vais-je faire dès à présent pour mieux utiliser mon temps ?

-
-
-

5. Je prends du temps pour :

-
-
-
-
-
-

Identifiez les causes de perte de temps

Lorsque tout ne se déroule pas comme prévu, c'est que nous sommes trop souvent dérangés ou interrompus. Nous sommes responsables de certains de nos retards, tandis que d'autres sont imputables à notre entourage. Chaque interruption est soi-disant l'affaire « d'un instant » ou bien même « d'une seconde », lesquelles additionnées vampirisent considérablement notre journée.

La capacité d'être dérangé varie d'une personne à une autre. Chez les premiers, le moindre dérangement est vécu comme un drame dans l'organisation de la journée alors qu'il ne modifie en rien le planning des deuxièmes. Les troisièmes, en revanche, adorent se laisser distraire et recherchent la moindre occasion de passer à autre chose.

Certaines études ont révélé que la messagerie électronique n'a en rien endigué l'avalanche de papiers sur le bureau et que la moitié seulement des personnes interrogées téléphonent moins depuis que celles-ci ont recours au courrier électronique.

Utilisez la messagerie électronique pour remplacer les courriers et les coups de fil. Vous pouvez ainsi gagner du temps, à condition de ne pas vous laisser « dévorer » des heures entières. Voici quelques astuces vous permettant de l'employer efficacement :

- Videz votre boîte de réception. Décidez de ce que vous devez faire pour chaque message : répondez-y, archivez-le ou bien supprimez-le.
- Filtrez les messages entrants. Les logiciels modernes permettent de classer automatiquement les messages dans les fichiers.
- Ne consacrez pas plus de deux minutes à un message.
- Dans vos réponses, reprenez l'objet du message d'origine si vous vous y référez.
- Ayez recours au transfert si vous devez envoyer votre message à plusieurs personnes.

Il n'est pas toujours simple de poser des limites, mais vous verrez que vous pourrez ainsi gagner un temps considérable.

Conseil

Sachez dire « non » lorsqu'un collègue vous demande une faveur ou qu'un client vous appelle en dehors des horaires de travail. Vous n'êtes pas obligé d'être disponible 24 heures sur 24.

Test d'évaluation de la situation de travail

Considérez votre manière de travailler et les facteurs possibles de dérangement.

Cochez la case correspondant à votre situation :

0 = presque toujours vrai **2 = quelquefois vrai**

1 = souvent vrai **3 = presque jamais vrai**

	0	1	2	3
1. Le téléphone me dérange constamment et les conversations sont souvent trop longues.	☐	☐	☐	☐
2. Les nombreuses visites de l'extérieur ou du personnel de l'entreprise m'empêchent de faire mon propre travail.	☐	☐	☐	☐
3. Les entretiens durent souvent beaucoup trop longtemps et sont globalement insatisfaisants.	☐	☐	☐	☐
4. Je repousse sans cesse les tâches désagréables et lourdes ou bien j'ai des difficultés à les mener à terme, car je suis rarement au calme.	☐	☐	☐	☐
5. Mes priorités sont souvent mal définies et je tente de tout faire d'un coup. Je suis trop pris par les petites tâches et je parviens trop peu à me concentrer sur les activités importantes.	☐	☐	☐	☐
6. Je ne parviens à tenir les délais qu'en travaillant sous pression, parce que je dois toujours suivre d'autres projets entre-temps ou bien parce que je m'en mets systématiquement trop sur le dos.	☐	☐	☐	☐
7. Je souffre de l'avalanche de paperasses sur mon bureau. La correspondance et la lecture exigent trop de temps. Mon bureau n'est pas un modèle d'ordre et d'organisation.	☐	☐	☐	☐

	0	1	2	3
8. La communication avec autrui est souvent lacunaire. Les informations sont trop tardives, les malentendus et les frictions font partie du quotidien de l'entreprise.	☐	☐	☐	☐
9. La délégation des tâches est rarement satisfaisante et je suis souvent contraint de suivre des affaires que d'autres auraient très bien pu prendre en charge à ma place.	☐	☐	☐	☐
10. J'ai du mal à dire non lorsque les autres me sollicitent, et cela aux dépens de mes activités propres.	☐	☐	☐	☐
11. Mes objectifs sont souvent mal définis tant dans ma vie professionnelle que dans ma vie privée. Il m'arrive fréquemment de ne pas voir le sens de ce que je fais dans la journée.	☐	☐	☐	☐
12. Je manque quelquefois d'autodiscipline pour parvenir à réaliser ce que j'ai projeté.	☐	☐	☐	☐

Additionnez les cases cochées et reportez le montant obtenu sur la ligne ci-dessous.

Total de mes points : ________

Évaluation :

0 – 17 points : Vous ne planifiez pas vos journées et vous subissez la pression d'autrui. Vous êtes inapte à vous gérer vous-même et à diriger les autres. En vous formant à l'organisation du temps du travail, vous commencerez une nouvelle vie.

18 – 24 points : Vous essayez de gérer votre temps mais vous avez des difficultés à vous y tenir sur la durée.

25 – 30 points : Votre gestion du temps de travail est bonne, mais vous pouvez mieux faire encore.

31 – 36 points : Bravo (si vous avez été parfaitement honnête en répondant). Vous êtes un exemple à suivre par tous ceux qui veulent apprendre à apprivoiser le temps. Faites profiter les autres de votre savoir-faire.

La méthode « mind-map »

La répartition du temps au sein des différents domaines de notre vie peut être clairement explicitée en ayant recours à la « mind-map » ou carte cérébrale, consistant à présenter des mots clés de manière schématique et méthodique. Ce principe permet de coordonner le champ des possibilités des pensées orales et visuelles, et sollicite la créativité en faisant participer les deux hémisphères du cerveau.

Grâce à la méthode du « mind-mapping » élaborée par Tony Buzan, il vous est possible de prendre des notes rapidement, de penser de manière ciblée, de trouver des idées et de résoudre des problèmes. Le fait de poser spontanément les pensées sur le papier met en interconnexion les hémisphères gauche et droit et permet d'exploiter au maximum le potentiel mental. L'hémisphère gauche préside à la pensée analytique, à la logique, aux structures, aux chiffres et aux expressions, tandis que l'hémisphère droit est le lieu de l'imagination, de l'intuition, des concepts et de la pensée globale. Mises en interaction, les deux parties de notre cerveau décuplent leurs facultés.

Le « mind-mapping » est incroyablement simple : le sujet principal est écrit ou dessiné au centre d'une feuille de papier vierge et les mots clés sont disposés tout autour et reliés au sujet principal comme s'il s'agissait de branches. Ces mots clés peuvent également constituer le point de départ d'autres ramifications prenant spontanément les devants sur un mode associatif. Il faut alors avoir recours à l'utilisation de couleurs différentes.

Faites l'expérimentation du « mind-mapping » avec le sujet « vacances ». Autour du mot « vacances » figurant au centre de la page, inscrivez tout ce qui vous passe par l'esprit en rapport avec le sujet et mettez ces mots clés en relation avec celui-ci. Les différentes branches peuvent notamment se référer au but du voyage, à l'hébergement, aux préparatifs, aux activités et aux accompagnateurs. Ramifiez maintenant ces termes. Prenez, par exemple, celui de « préparatifs » duquel découlent les ramifications suivantes : temps, réserver, faire les bagages, acheter… C'est ainsi que, champ après champ, émerge un schéma représentatif de vos souhaits et de vos besoins, de même que la « to-do list » et les problèmes possibles incluant les solutions. Une « mind-map » ou carte cérébrale n'est jamais achevée. Réutilisez-la par la suite pour la développer davantage et vérifier vos objectifs.

Le réseau des exigences et des contraintes en matière de temps

Chaque individu est soumis à des exigences, des rôles et des champs d'activité correspondant aux différents domaines de son existence par rapport auxquels il se sent, est ou se croit investi. Dans votre métier par exemple, vous êtes cadre dirigeant, responsable stratégique, collaborateur, collègue et directeur de projet. Dans votre vie privée, vous pouvez être mari ou conjoint, père ou mère, fils ou fille, ami ou amie, président de votre association sportive, membre du conseil des parents d'élèves, locataire et voisin.

Les réels problèmes de temps apparaissent lorsque nous voulons jouer plusieurs rôles à la fois. Au final, nous ne tenons nulle part le premier rôle et sommes partout de simples figurants. Nous ne pouvons bien sûr renoncer à certains rôles comme ceux de parent et de dirigeant, mais nombreux sont ceux qui sont de moindre importance et que nous apprécions moins. Nous les jouons parce qu'ils nous ont été imposés ou bien parce que nous pensons que ça ne fonctionnerait pas sans nous.

Le seul moyen de nous en sortir est de mettre de côté tous les rôles secondaires qui ne participent pas à la réalisation de nos objectifs, et de nous concentrer sur nos rôles principaux et ceux que nous préférons. Ce n'est pas simple à faire, mais cette méthode a le mérite d'être honnête : n'est-il pas possible d'abandonner notre petit poste au club sportif et les réunions à la mairie tous les week-ends ?

Représentez-vous clairement les rôles que vous tenez dans les quatre domaines principaux de votre existence : corps/santé, travail/finances, relationnel/couple et sens/valeurs. Réduisez-les au nombre des sept rôles que vous tenez le mieux et séparez-vous des autres. Posez-vous les questions suivantes : que se passerait-il si je ne tenais plus celui-ci ? L'ai-je choisi moi-même ou bien me l'a-t-on imposé et, dans ce cas, à qui est-il imputable ? Quels sont les sept rôles principaux de mon existence ?

Conseil

La concentration sur l'essentiel est le secret d'une vie réussie et détendue.

Synthèse

Mind-map

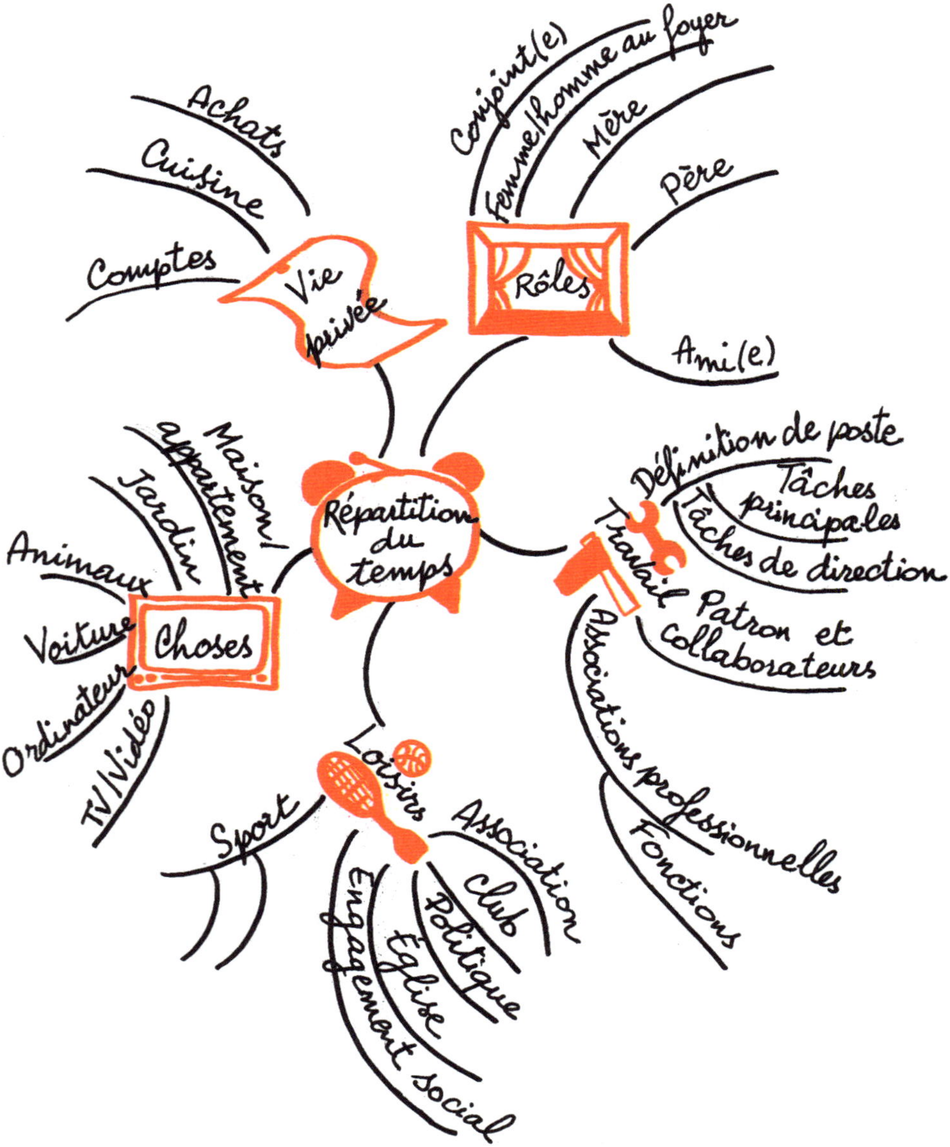

Synthèse

Mind-map ou carte mentale personnelle (modèle vierge)

Organisez le schéma de la répartition de votre temps en tenant compte de vos exigences, de vos relations et de vos contraintes :

- Quels sont les pôles les plus importants ?
- Que changeriez-vous volontiers ?

Reportez sur la « mind-map » les principales causes de perte de temps et surlignez-les au stabilo.

Le schéma de répartition de votre temps :

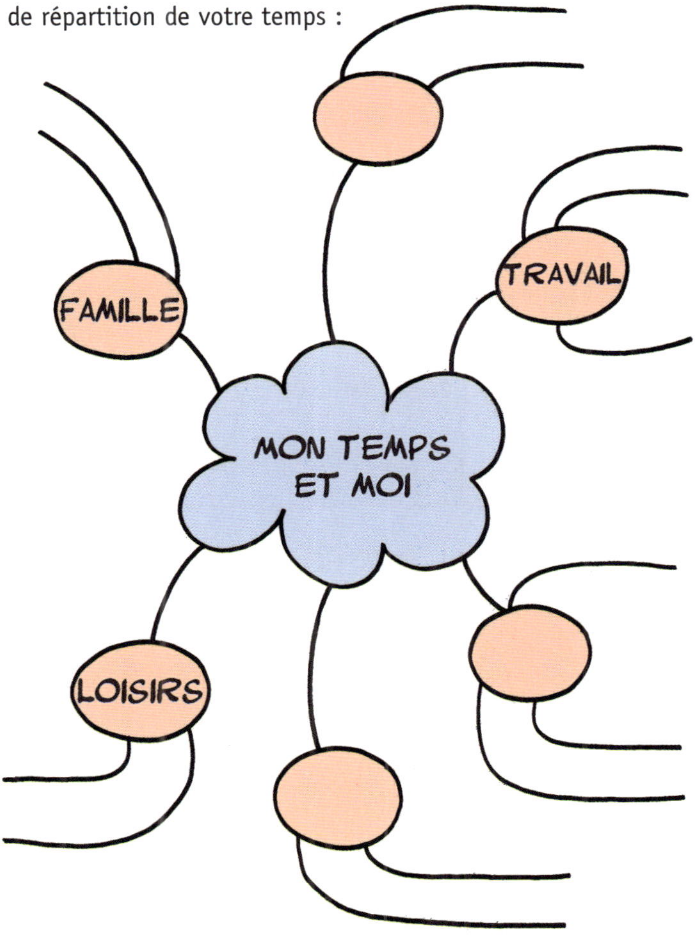

22

23

Action / Exercice

Les facteurs de dérangement

1. Que me coûtent deux heures de dérangement ?

-
-
-

2. Quelles sont les causes de perte de temps ?
   Quels sont les principaux dérangements occasionnant une perte de temps ?

-
-
-

3. Quelle est ma manière de réagir au travail face aux interruptions et dérangements ?

-
-
-

4. Que vais-je entreprendre dès à présent pour identifier les causes de dérangements les plus importantes ?

Perte de temps	Causes, raisons	Mesures
1.		
2.		
3.		
4.		

2. Objectifs, planning et priorités

« Lorsque nous perdons définitivement de vue notre objectif, nous multiplions nos efforts. »

Mark Twain

Objectifs, planning et priorités

Élaborez des objectifs motivants

Les objectifs servent de mesure à toute activité et vous permettent de prendre conscience de la raison pour laquelle vous agissez et du but à atteindre. Sans objectif, le meilleur planning et la méthode de travail la plus performante ne servent à rien, car l'objet final de toute action doit être préalablement établi et défini pour être clair.

Seuls ceux qui ont défini leurs objectifs peuvent travailler dans l'urgence sans avoir le nez sur le guidon. Ils sont aptes à établir les priorités même sous la pression, de même qu'à exploiter au maximum leurs facultés, afin d'atteindre sûrement et rapidement leur but. Cette règle d'or est applicable aussi bien dans le travail, que dans le cadre des loisirs et de la vie de famille.

Ceux qui ont des objectifs à atteindre orientent leurs énergies inconscientes dans l'action (automotivation et autodiscipline).

Les objectifs servent à la concentration des énergies tendues vers le but à atteindre. Cela ne dépend pas de ce que vous faites mais plutôt de ce pourquoi vous le faites.

Lorsque tout doit fonctionner dans l'existence, il est nécessaire de se référer à un concept de vie et donc d'établir clairement les objectifs privés et professionnels vers lesquels nos forces tendent. C'est à ce prix seulement qu'il est possible de créer une cohérence entre les nombreuses activités et responsabilités d'aujourd'hui, ainsi qu'entre le succès et la satisfaction de demain.

Un processus permanent de mise au point des objectifs doit respecter les quatre étapes suivantes :

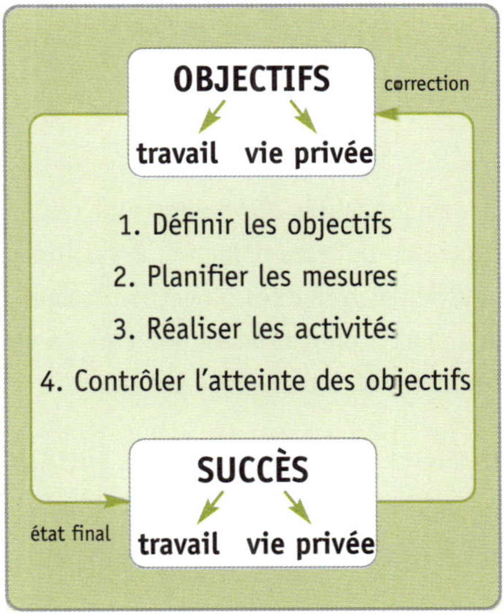

L'élaboration des objectifs

Au début, vous avez une vision en tête ou une représentation intérieure de ce que vous souhaitez. Développez d'abord la représentation de la vie à laquelle vous aspirez. Nommez les cinq buts principaux que vous aimeriez atteindre.

La représentation de la vie rêvée

Voici les cinq principaux objectifs de mon existence :
(Décrivez-les comme si vous les aviez déjà atteints !)

1. ______________________________

____

2. ______________________________

____

3. ______________________________

____

4. ______________________________

____

5. ______________________________

____

Les personnalités auxquelles tout réussit ont en tête des représentations très concrètes de leurs objectifs. Réfléchissez maintenant à la manière dont vous pourriez planifier ces objectifs. Chacun de ceux que vous établissez tant dans le domaine professionnel que dans la vie privée ne prend un sens que si vous l'intégrez dans un espace-temps.

Définissez vos objectifs personnels

Élaborez une vision d'ensemble claire et notez tous les objectifs professionnels et privés que vous vous fixez à l'avenir, que ce soit à court ou à long terme (pages 28-29).

Les moyens à votre disposition

Quels sont les moyens et les ressources dont vous disposez pour la réalisation de vos projets ? Identifiez vos forces et vos faiblesses. L'expérience passée peut être ici d'une aide précieuse : souvenez-vous de vos plus grands succès et de votre vécu positif, de même que de toutes les situations que vous avez d'abord perçues comme un échec.

La planification selon Descartes

Le secret de la planification réussie des objectifs réside dans la « tactique salami ». Les objectifs principaux, de même que les intentions les plus importantes, sont découpés en petites tranches, c'est-à-dire en activités. Le philosophe, mathématicien et biologiste René Descartes (1596-1650) a élaboré en 1637 une méthode de travail dont les principes de planification des projets sont encore appliqués aujourd'hui.

Le travail cartésien d'après Descartes

- Formule le problème (objectif, projet) par écrit.
- Divise-le en tâches.
- Organise ces tâches selon les priorités et les rendez-vous.
- Suis toutes les activités et contrôle le résultat.

Un exemple concret vous permettra de mieux visualiser cette organisation selon Descartes :

1. Vous avez pour objectif de faire à l'avenir du sport régulièrement. Formulez cette intention de la manière la plus précise possible, le type de sport que vous souhaitez pratiquer et l'objectif que vous souhaitez atteindre ce faisant (par exemple maigrir, entretenir votre dos, vous activer à l'air libre).

2. Dans un second temps, réfléchissez à chacun des points à mettre en œuvre : visiter les salles de gymnastique, devenir membre d'une association sportive ou bien engager un coach personnel, vous procurer l'équipement adapté et bloquer des horaires pour l'entraînement.

3. Dans un troisième temps, organisez ces tâches selon les priorités, c'est-à-dire qu'il vous faut d'abord choisir le type de sport, puis la salle ou l'association et, en dernier lieu, les chaussures. Planifiez sur votre agenda les délais nécessaires pour ces mises au point.

4. La planification de l'entraînement, la balance et le tensiomètre constituent la quatrième étape qui vous prouvera en quelques semaines l'efficacité de cette méthode.

Synthèse

Mes objectifs professionnels

Quels objectifs professionnels (carrière, métier, poste, prochaines années) souhaitez-vous atteindre ?

Long terme (objectif de carrière)	Mesures à prendre	Accompli en ?
•		
•		
•		
•		

Moyen terme (5 ans)	Mesures à prendre	Accompli en ?
•		
•		
•		
•		

Court terme (1 an)	Mesures à prendre	Accompli en ?
•		
•		
•		
•		

Synthèse

Mes objectifs privés

Quels objectifs privés (santé, couple, famille, amis, etc.) souhaitez-vous atteindre ?

Long terme (objectif de vie)	Mesures à prendre	Accompli en ?
•		
•		
•		
•		

Moyen terme (5 ans)	Mesures à prendre	Accompli en ?
•		
•		
•		
•		

Court terme (1 an)	Mesures à prendre	Accompli en ?
•		
•		
•		
•		

Action / Exercice

L'élaboration des objectifs

1. Quels sont mes meilleurs atouts et ceux qui me seront précieux dans la réalisation de mes projets (facultés personnelles, sens relationnel, réflexion, connaissances, aptitudes à diriger une équipe, contacts, techniques de travail, etc.) ?

-
-
-
-
-
-
-

2. Quelles sont mes plus grandes faiblesses et celles qui risquent de réduire mes chances de réussite dans cette entreprise ?

-
-
-
-
-
-
-

3. Pourquoi l'élaboration des objectifs est-elle indispensable et constitue-t-elle la clé d'une bonne gestion du temps ?

-
-
-
-
-
-
-

Le principe Pareto

Certaines personnes passent le plus clair de leur temps à traiter une multitude de problèmes et tâches secondaires, au lieu de se concentrer sur un petit nombre d'activités essentielles. Nous sommes persuadés à tort que les efforts sont proportionnels au résultat. Erreur lourde de conséquences, car en réalité 20 % du temps et de l'énergie investis de manière stratégique suffisent à décrocher 80 % des résultats !

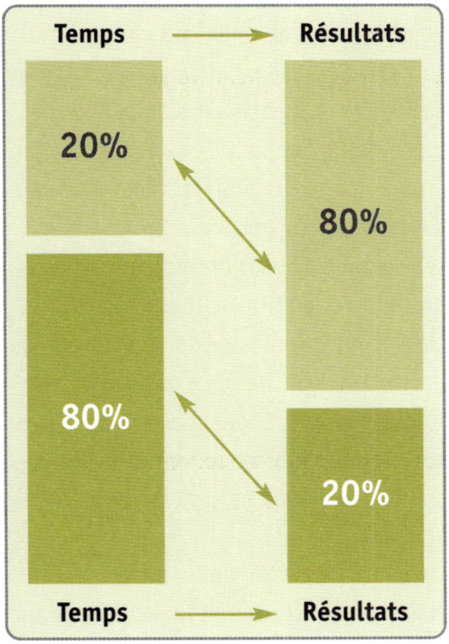

- 20 % des clients ou de la marchandise produisent 80 % du chiffre d'affaires.
- 20 % des domaines de production génèrent 80 % des résultats.
- 20 % des revues contiennent 80 % de l'information.
- 20 % d'un temps de discussion amènent 80 % des résolutions.
- 20 % du travail de bureau participent à hauteur de 80 % au succès du projet.
- 20 % des relations apportent 80 % du bonheur.

Ces corrélations, connues sous le terme de principe Pareto, peuvent vous aider à définir vos objectifs et à planifier vos projets et activités.

Les personnes qui réussissent s'efforcent de toujours commencer par les tâches les plus importantes et souvent les plus difficiles. Cela leur permet d'obtenir de bien meilleurs résultats que les autres et de tirer davantage de satisfaction de ce qu'elles font.

Identifiez dans votre vie privée et professionnelle l'activité générant le plus de succès (dans ce rapport 20 % du temps / 80 % des résultats) et accordez-lui la priorité absolue. Listez ensuite tous les objectifs, activités et responsabilités clés de votre existence. Parmi ceux-ci, définissez ceux dont 20 % des tâches vous permettent d'obtenir 80 % des résultats.

La formulation des objectifs et la planification des activités

En conclusion, formulez concrètement vos projets de manière quantifiable et planifiez la réalisation de vos objectifs. Commencez par la définition de votre but absolu dans l'existence. À partir de cette visualisation, vous pourrez décliner tous les projets que vous poursuivez jour après jour, mois après mois. Voici quelques astuces pour vous aider dans votre réflexion :

Concentrez-vous d'abord sur une période bien déterminée : Où souhaitez-vous vous trouver dans cinq ans ? Que souhaitez-vous avoir obtenu d'ici là ?

Vous parviendrez à visualiser les modifications de cette période en vous souvenant de ce que vous avez réalisé pendant les cinq dernières années. Peignez votre futur en ayant recours aux couleurs les plus vives. Lorsque votre visualisation devient concrète, fixez-la par écrit, afin de bien l'ancrer en vous et de faire participer activement votre subconscient. Formulez votre visualisation dans le présent, comme si vous y étiez, sans utiliser ni le conditionnel, ni le « mais ». C'est seulement lorsque vous serez imprégné et convaincu vous-même de votre représentation que vous disposerez des énergies permettant de concentrer votre action sur vos objectifs.

Rapportez-vous aux quatre domaines importants de l'existence : corps/santé, sens/culture, famille/social et activité/travail.
Une vie bien remplie est caractérisée par un équilibre entre tous ces domaines. Si l'un d'eux est négligé, les autres sont forcément pénalisés et inversement. Vous vous sentez à l'aise dans votre corps parce que vous faites du sport régulièrement et que vous vous nourrissez convenablement. Vous avez ainsi la force et l'énergie d'atteindre l'objectif que vous vous êtes fixé et vous vous sentez suffisamment calme et serein pour tenter de régler les aspects problématiques de votre vie de couple.
Pour réaliser vos projets, fixez-vous des dates que vous pouvez tenir et traduisez votre visualisation globale en plusieurs objectifs et phases d'action clairement définies selon la méthode de Descartes. Mais ne vous en mettez pas trop sur le dos. Soyez raisonnable. Dans votre projection sur le long terme, n'oubliez pas vos projets à court terme.

La planification des objectifs

Planifiez maintenant un objectif motivant que vous souhaitez atteindre prochainement. Définissez-le concrètement en plusieurs phases actives avec des délais bien précis. Il peut s'agir de votre nouvelle résolution pour cette année. Référez-vous pour ce faire à la méthode performante du « mind-mapping ».

Synthèse

La planification des objectifs

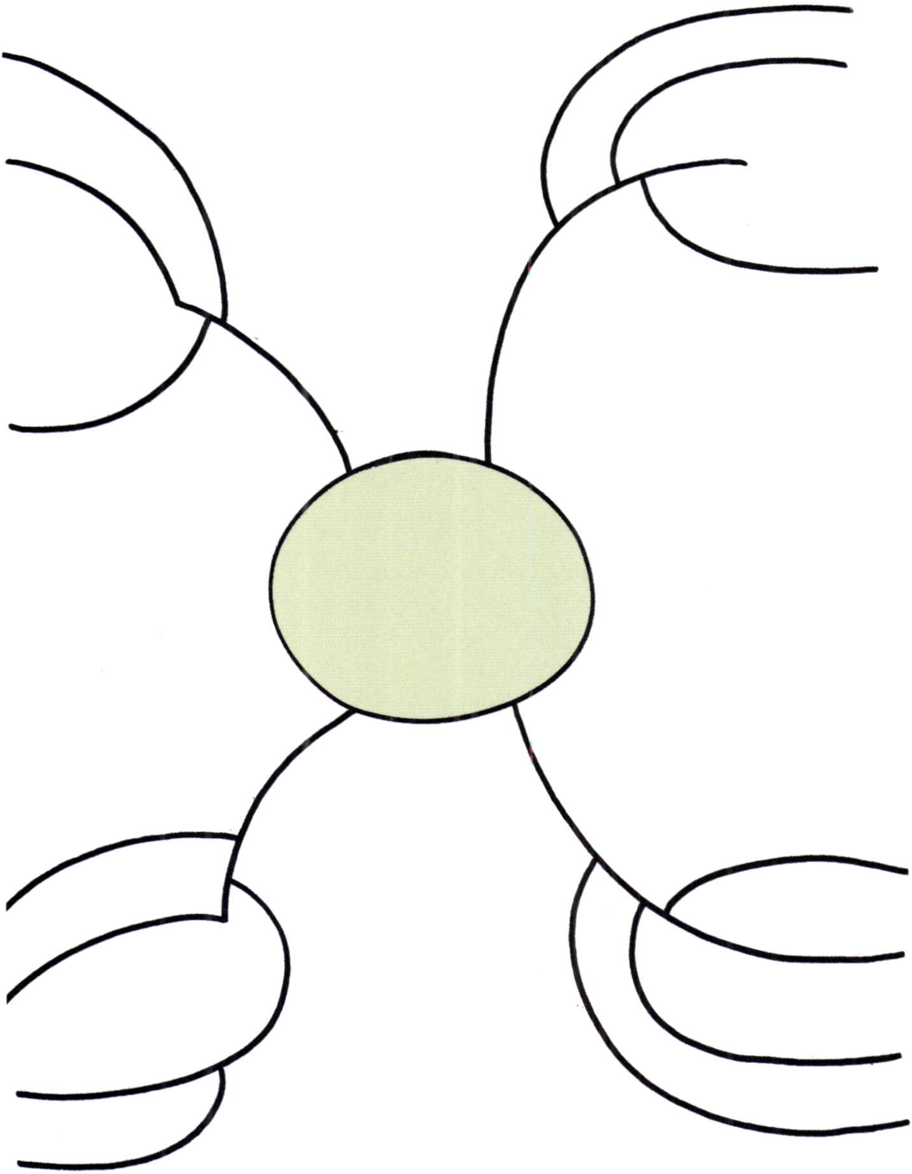

Action / Exercice

Le principe Pareto

1. Quels sont les domaines dans lesquels je parviens à décrocher 20 % seulement des résultats pour 80 % de temps de travail investi ?

2. Quels sont les domaines dans lesquels je parviens à décrocher 80 % des résultats pour 20 % seulement de temps de travail ?

3. Quelles sont les raisons stratégiques de mes succès ?

4. Que puis-je entreprendre dès à présent pour coller davantage à mes objectifs et me recentrer sur les facteurs stratégiques aboutissant au succès ?

Posez sur le papier votre organisation

Planifier notre temps nous permet de mieux l'exploiter à des fins personnelles et professionnelles. Planifier signifie préparer la concrétisation de nos projets. Le plus grand avantage lorsque vous organisez votre travail :

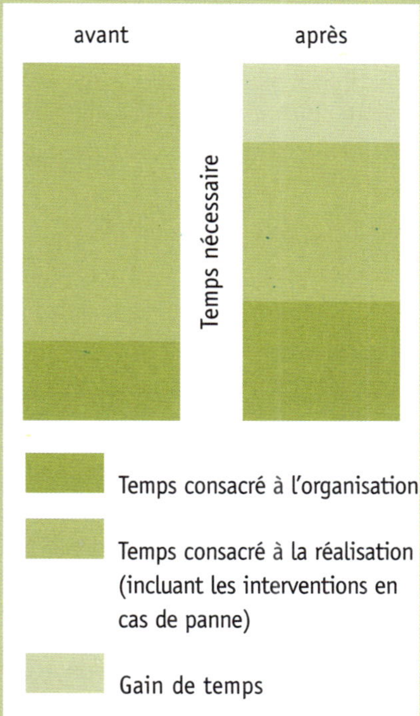

Planifier signifie gagner du temps

De manière générale, l'expérience en entreprise prouve que si l'on se consacre davantage et plus amplement à l'organisation, la réalisation est alors plus rapide et l'on gagne du temps au final. Ceux qui consacrent huit minutes au début de la journée à l'organisation des tâches et savent s'y tenir peuvent ainsi gagner une heure par jour.

✓ Liste

Quels sont les avantages de la gestion du temps ?

- ☐ Une atteinte plus efficace et rapide des objectifs personnels et professionnels que je me suis fixés.
- ☐ Une économie et un gain de temps pour les tâches et les projets réellement importants (missions de direction, collaborateurs, créativité, famille, loisirs).
- ☐ Une vue d'ensemble sur tous les projets, tâches et activités.
- ☐ La réussite du fait de fonctionner par étapes et la satisfaction de boucler un à un les dossiers.
- ☐ Moins de stress et de débordements et davantage de capacité à prévoir le déroulement de la journée.
- ☐ Plus de maîtrise et d'autodiscipline.
- ☐ L'équilibre entre les domaines importants de la vie.

L'écriture est le principe essentiel de la gestion du temps :

- Nous perdons rapidement le fil des projets que nous avons uniquement dans la tête (« loin des yeux, loin du cœur ») et nous sommes plus facilement bousculés.
- Poser les projets sur le papier permet de libérer la mémoire.
- Une planification écrite a les effets psychologiques d'une automotivation au travail. En maîtrisant le déroulement de la journée, nos activités sont ciblées et respectent précisément le suivi des tâches.
- Nous nous laissons de ce fait moins facilement distraire (concentration) et nous sommes davantage tenus au suivi de nos tâches que si nous n'avions pas de fil conducteur et donc d'agenda.
- Le contrôle des événements de la journée nous permet de ne pas perdre de vue ce qu'il reste encore à faire (report à un autre jour).
- Nous pouvons, en outre, accroître nos chances de succès en évaluant mieux notre besoin en temps et les moments où nous sommes dérangés. Il nous devient même possible de planifier les tâches non prévues.
- Une gestion du temps posée sur le papier dans un classeur consacré à cet effet constitue automatiquement une documentation sur le travail accompli et peut le cas échéant servir de justificatif ou bien de base à un compte rendu de nos activités.

Quelqu'un ou quelque chose (votre souci du confort) vous empêche-t-il vraiment de mettre par écrit tout ce que vous souhaitez entreprendre ? Vous dites que vous manquez de temps pour le faire ? Alors lisez l'histoire suivante :

Un promeneur se balade en forêt et rencontre un agent forestier en train de scier à la hâte et péniblement le tronc d'un arbre abattu en petits morceaux. Le promeneur s'approche pour essayer de comprendre la raison de ces efforts considérables et dit : « Pardonnez-moi de vous déranger, mais j'ai l'impression que votre scie est complètement émoussée ! Ne devriez-vous pas l'aiguiser d'abord ? » L'agent forestier épuisé lui répond en poussant un terrible gémissement : « Je n'ai pas le temps, car je dois absolument scier ce tronc ! »

Action / Exercice

Le principe de planification par écrit

1. Qu'est-ce qui m'empêche de poser sur le papier les tâches que je souhaite effectuer ?

-
-
-
-

2. Combien de temps suis-je prêt à consacrer à la planification de ma journée ?

-

3. Que vais-je faire dès à présent pour avoir recours au principe de la planification par écrit ?

-
-
-

4. À partir de maintenant, je pose par écrit les activités suivantes :

Activités à court terme	Activités à moyen terme	Activité à long terme
•	•	•
•	•	•
•	•	•
•	•	•
•	•	•

Il est possible de poser sur le papier les projets prévus sur plusieurs années, de même que les objectifs annuels, mensuels, hebdomadaires et journaliers.

Utilisez l'agenda quotidien

Lorsque l'on entreprend de planifier son temps, il est recommandé de commencer par prévoir l'organisation de chaque jour :

- La journée est l'unité la plus petite et préhensible d'une gestion du temps systématique.
- Lorsque la journée ne s'est pas bien passée, la suivante nous permet d'avoir un œil neuf.
- Si nous ne maîtrisons pas le déroulement de nos journées, nous perdons le fil de l'organisation mensuelle et annuelle.

Un agenda quotidien devrait contenir uniquement les activités que nous souhaitons suivre et que nous sommes également en mesure de réaliser ! S'il est possible d'atteindre les objectifs que nous nous sommes fixés, nous serons aptes alors à nous concentrer et à nous consacrer aux projets des jours suivants.

La méthode P-É-P-P-V

La méthode P-É-P-P-V est relativement simple et n'exige pas plus de huit minutes par jour pour nous permettre de gagner plus de temps :

Posez vos tâches et activités sur le papier

Utilisez un formulaire pour planifier votre journée (cf. tableaux pp. 40 et 41). Notez sur ce formulaire et dans les rubriques correspondantes ce que vous voulez ou devez faire le jour correspondant :

- Les tâches nécessaires pour la semaine ou pour le mois (cf. « liste des activités » p. 43).
- Ce qui n'a pas été fait le jour précédent.
- Les rendez-vous à honorer, de même que les appels à passer et la correspondance à rédiger.
- Les tâches périodiques récurrentes (par exemple réunion de 14 à 15 h).

Évaluez la durée des activités

À côté de chaque activité, notez approximativement votre besoin en temps. L'expérience prouve que notre emploi du temps est souvent surchargé car nous prévoyons trop d'activités. Notre capacité quotidienne arrive donc à saturation. Cette tendance à la mauvaise évaluation provoque des frustrations dont nous pourrions parfaitement nous passer…

- Évaluez donc de ce fait globalement le temps dont vous avez besoin pour les activités prévues. Pour vos dépenses, vous faites preuve d'une extrême précision et êtes même capable de calculer combien un produit doit coûter au centime près ! Pourquoi n'en feriez-vous pas autant avec votre capital temps ?

- On sait également par expérience qu'un travail occupe généralement tout le laps de temps que nous avons devant nous. En revanche, si vous vous donnez un cadre précis, exactement comme vous le faites pour votre budget, vous vous forcerez à vous fixer une limite.
- Vous travaillerez de manière beaucoup plus concentrée et éviterez les dérangements plus efficacement si vous vous accordez un temps défini pour la réalisation d'une tâche précise.

Prévoyez une réserve de temps

En général, cela ne se passe jamais comme on le voudrait. Veillez donc à ne planifier qu'une partie seulement de votre temps de travail, environ 60 % (règle de base d'une bonne gestion).

Conseil

Votre temps doit comprendre 3 moments :

- environ 60 % de celui-ci sont destinés aux activités prévues (agenda),
- environ 20 % de celui-ci sont consacrés aux imprévus (dérangements, etc.),
- environ 20 % sont réservés aux activités spontanées et sociales (moments créatifs).

Imprévus, dérangements et besoins personnels nécessitent de ne pas prévoir les activités dans un délai trop juste. Pour rester prudent, il paraît indispensable de planifier uniquement 50 % de son temps de travail et de garder en réserve les 50 % restants.

Prenez des décisions : priorités, simplifications et possibilités de déléguer

Si vous souhaitez respecter le principe de base visant à la planification de 50 à 60 % du temps de travail, vous devez traiter avec le plus grand réalisme la liste de vos tâches.

- Indiquez les priorités.
- Procédez aux simplifications.
- Déléguez.

Reportez le reste ou bien laissez-le tomber à moins que vous ne l'acheviez en dehors des horaires de travail.

Vérifiez et reportez ce qui n'a pas été fait

Lorsque vous avez reporté une activité à plusieurs reprises, celle-ci devient pesante et vous avez le choix entre deux possibilités :

- soit vous vous y consacrez une bonne fois pour toutes,
- soit vous la laissez tomber car l'affaire s'est résolue d'elle-même.

Synthèse

L'agenda de la journée

Temps	Rendez-vous	OK ✓	✉	☎	Contacts	OK ✓
	Yoga	✓		x	Antonella 06 07 22 33	✓
08	Heure calme	✓	x		Proposition de contrat	
				x	Apple 05 04 08 14	✓
09				x	Gabal	✓
			x		Organigramme	
10				x	Conrad 01 45 22 33 55	
				x	Marsant 01 47 59 62 35	
11						
12	Déjeuner avec					
	Monsieur Dupont	✓				
13						
14	Préparation de		Priorités	Temps	Tâches	
	réunion		A	1,5	Calculer le point mort	v
15	Réunion R & G					
	Mise en page		B	1,0	Budget publicitaire	v
16	(ici)		B	0,5	Préparation de réunion	
					R & G	
17			C		Réserver l'avion pour Vienne	
	Ordre du jour du 15.12.		C		Dossier Conrad ?	
18			C	1,0	Nom manuel banque	
19	Tennis					
	J.-C. Brun		DÉL	CC	Réclamation TIS	
20			DÉL	CC	Dossier de presse S. Impulse	
21				**Statistiques**		
				L'évolution des ventes	III	
22				**Personnel**		
				Fleurs pour Évelyne		
				Objectif du jour		
				J'agis et je pense positivement		

À partir du modèle ci-dessus, planifiez votre prochaine journée.

▨ Rendez-vous avec soi-même (heure calme) ; ■ Rendez-vous avec autrui.

Synthèse

Mon agenda de la journée

Temps	Rendez-vous	OK ✓	✉	✆	Contacts	OK ✓
08						
09						
10						
11						
12						
13						
14			Priorités	Temps	Tâches	
15						
16						
17						
18						
19						
20						
21				Statistiques		
22				Personnel		
				Objectif du jour		

Action / Exercice

Les objectifs du jour

1. Combien de mon temps actif puis-je et ai-je l'envie de prévoir quotidiennement pour mes propres tâches ?

2. Quel est le meilleur moment et l'endroit le plus adapté à la gestion du jour prochain ?

3. Quels types de tâches (professionnelles et privées) font partie de mon ordre du jour ?

4. Que vais-je entreprendre dès à présent pour planifier mes journées régulièrement ?

Instaurez des priorités

À la fin d'une dure journée de travail, nous faisons souvent le constat que nous avons beaucoup travaillé, mais que certaines affaires importantes ont été mises de côté ou bien ont tout simplement été laissées en suspens.

Les gens doués pour la réussite se distinguent notamment par le fait qu'ils travaillent beaucoup tout en traitant des aspects extrêmement divers, car ils sont capables de se concentrer sur une seule tâche pendant un certain laps de temps. Pour cela, il est indispensable d'établir des priorités et de faire en sorte de s'y tenir.

Instaurer des priorités signifie qu'il faut distinguer les tâches urgentes de celles qui le sont moins et de celles enfin qui sont tout à fait secondaires. Les missions prioritaires doivent être traitées en premier lieu. En classant vos activités par ordre d'importance, vous pouvez être sûr :

- de traiter d'abord les missions importantes ou indispensables,
- de traiter les tâches en respectant leur degré d'urgence,
- de vous concentrer sur une activité à la fois,
- d'achever efficacement votre tâche dans le délai que vous lui avez imparti,
- d'atteindre au mieux les objectifs fixés en fonction des circonstances,
- de déléguer toutes les tâches qui peuvent être prises en charge par d'autres que vous-même,
- d'avoir traité à la fin de votre journée de travail au moins les aspects les plus importants (efficacité !),
- de ne pas avoir laissé en suspens les responsabilités à partir desquelles vous serez jugé.

✓ Liste

Les effets positifs : quels sont vos objectifs ?

- ☐ Honorer vos rendez-vous.
- ☐ Améliorer le suivi du travail et les résultats.
- ☐ Satisfaire vos collègues et votre famille.
- ☐ Éviter les conflits.
- ☐ Être plus satisfait de vous-même et vous éviter un stress inutile.

L'analyse ABC

Une analyse prouve que le temps consacré aux tâches principales (A), importantes (B) et secondaires (C) ne correspond pas forcément à la valeur de ces tâches dans le cadre de certaines fonctions (par ex. directeur du personnel) :

Synthèse

L'analyse de l'utilisation du temps (analyse ABC)

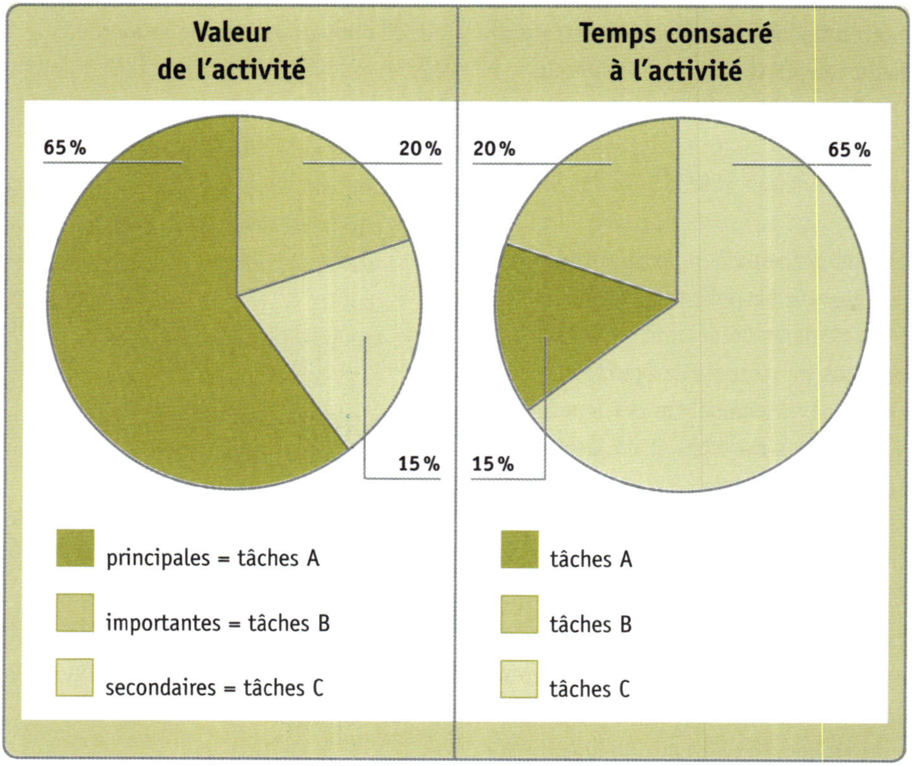

Nous consacrons souvent une grande partie de notre temps à régler des petits problèmes secondaires (C) et nous sommes généralement de ce fait contraints de bâcler les activités essentielles et pourtant moins nombreuses. Or, une gestion efficace du temps exigerait de classer les activités prévues par ordre d'importance :

- Les activités A sont essentielles. Elles ne peuvent être menées que par la personne concernée ou bien dans le cadre d'une équipe que l'on dirige soi-même. On ne peut les déléguer car elles valorisent le type de fonction exercée.
- Les activités B sont relativement importantes et il est possible d'en déléguer certaines.
- Les activités C sont de moindre valeur pour le type de fonction exercée, mais constituent la plus grosse partie du travail à faire (routine, paperasse, lecture, coups de fil, classement, correspondance et autres tâches administratives).
- Les activités qui ne sont pas urgentes et ne comportent aucun caractère d'importance ne devraient pas être traitées mais plutôt atterrir directement dans la corbeille à papiers.

Cette analyse ABC ne signifie évidemment pas que nous soyons contraints de nous atteler uniquement aux activités A en laissant complètement de côté les activités C. En revanche, il est indispensable d'apprendre à établir des priorités et un classement équilibré des affaires à suivre dans le courant de la journée.

Conseil

Il est très facile de mettre en pratique l'analyse ABC, dans la mesure où :

- vous ne planifiez qu'une ou deux activités A par jour (3 heures en tout),
- pas plus de deux ou trois activités B (environ 1 heure de travail),
- et que vous consacrez le reste du temps aux activités C (environ 3/4 d'heure).

Vous mènerez ainsi à bien et activement votre travail, en vous concentrant une partie du temps sur les aspects essentiels et vous vous sentirez alors dans un état de paix et de détente intérieure. Or, nombreux sont les gens qui préfèrent :

- faire les choses convenablement (valorisation de l'activité = efficience),
- au lieu de faire le choix de la bonne activité (valorisation de l'objectif = efficacité).

Si vous êtes parvenu de cette façon à atteindre vos objectifs et que, malgré les dérangements et les imprévus, il vous reste encore du temps, vous pouvez également décider de la manière dont vous allez pouvoir utiliser ce temps.

Action / Exercice

L'analyse ABC

1. Comment puis-je répartir les activités inhérentes à ma fonction actuelle selon la courbe ABC ?

   Mes activités A :

   -
   -
   -

   Mes activités B :

   -
   -
   -

   Mes activités C :

   -
   -
   -

2. Que vais-je faire dès à présent pour parvenir à suivre au moins une activité A par jour ?

-
-
-

3. Que vais-je faire du temps gagné résultant de l'instauration de ces nouvelles priorités ?

-
-
-

3. Faites-vous du bien !

« Le temps est semblable
à un jeune chat.
Il câline et lape la
journée comme s'il
s'agissait d'une coupelle
de lait. »

Henry Ford

Faites-vous du bien !

Commencez et concluez de manière positive

C'est presque toujours le même problème : nous filons en toute hâte le matin au travail, le ventre quasiment vide, pressé et n'ayant pas assez dormi. Après un tel début de journée, la suite n'est pas forcément destinée à nous apporter davantage de satisfactions ! Pour ne pas perdre votre tonus au fil des activités importantes et urgentes, vous devriez toujours vous concentrer sur l'aspect positif de l'existence et instaurer des habitudes quotidiennes de bonheur.

Pensez et agissez positivement

Comment transformer un mauvais départ en une situation positive ?

Manque de sommeil → ____________
Pas de petit déjeuner → ____________
Hâte → ____________
Pressé → ____________
Stressé → ____________
Échec → ____________

Accordez-vous du temps le matin :

- pour vous réveiller en douceur (éventuellement détente, méditation),
- pour vous consacrer à une activité physique (jogging, gymnastique),
- pour vous octroyer une hygiène et des soins agréables,
- pour prendre un bon petit déjeuner en famille,
- pour faire un trajet détendu.

Essayez chaque jour d'agir sur l'un de ces aspects de manière positive. Votre état d'esprit et votre représentation du monde vous influencent dans la manière d'aborder le travail et participent à vos succès ou à vos échecs. Tous les psychologues et les auteurs de guides portant sur la réussite sont unanimes sur un point : le succès est fortement dépendant de l'état d'esprit de la personne, de ses pensées et de ses sentiments. Penser et agir de manière positive peut avoir une action tout à fait bénéfique.

Plutôt que de vous précipiter au travail, vous devriez vous préparer calmement à la journée qui s'annonce :

- en relisant l'agenda du jour (préparé la veille) en tenant compte des activités fixées et des objectifs prioritaires,

- en préparant les documents nécessaires au traitement des tâches principales (A).

Avant de disparaître de votre bureau en fin d'après-midi sans demander votre reste et de vous précipiter chez vous, vous devriez terminer la journée dans le calme et vous préparer intérieurement à votre retour à la maison et à la soirée qui s'annonce :

- en faisant le point sur ce que vous avez effectué comparativement à ce que vous aviez prévu de faire,
- en évaluant les tâches qui n'ont pas été traitées et qui doivent être reportées au lendemain.
  Conseil : faites en sorte d'achever le jour même toutes les petites choses qui sont restées en suspens (lecture du courrier et correspondance, par exemple).
  Chaque tâche repoussée cause un supplément de travail, car vous devrez la traiter le lendemain,
- en planifiant la prochaine journée, afin de vous éviter des tracas et préoccupations le soir avant d'aller vous coucher, en vous demandant ce qui va vous tomber dessus le lendemain.

Faites le point sur les intérêts de la journée écoulée et sur ce qu'elle vous a apporté afin de positiver la gestion de votre vie. Quels ont été vos succès aujourd'hui ? Dans quelle mesure vous êtes-vous rapproché de vos objectifs ? Concluez dans un état d'esprit positif.

Réfléchissez à la manière dont vous souhaitez passer la soirée. Nombreux sont les gens qui reviennent du travail sans même penser à la bonne soirée qu'ils pourraient passer et sans envisager une seconde les raisons qui pourraient la leur rendre agréable (partenaire, famille, enfants, théâtre, concert, lecture, amis, sortie, sport, méditation, etc.).

Conseil

Pour vous mettre dans un état d'esprit positif dans la perspective du lendemain, respectez les trois règles suivantes :

- Entreprenez chaque jour une activité qui vous fait très plaisir.
- Entreprenez chaque jour une activité qui vous rend vos objectifs personnels plus préhensibles.
- Entreprenez chaque jour une activité qui sert de contrepoint aux efforts fournis pendant le temps de travail (sport, famille, hobby, etc.).

Action / Exercice

Apprenez à positiver

1. Que vais-je entreprendre dès à présent pour commencer la journée dans un état d'esprit positif ?

•

•

•

2. Que vais-je entreprendre dès à présent pour ponctuer ma journée de travail de petits temps forts et agréables ?

•

•

•

3. Que vais-je faire dès à présent pour agrémenter les soirées de moments de détente ?

•

•

•

4. Que vais-je faire dès à présent pour achever la journée positivement ?

•

•

•

Observez la courbe de productivité

Le graphique ci-dessous correspond à la courbe moyenne de productivité quotidienne.

Il existe évidemment une multitude de divergences d'un individu à un autre, liées notamment aux habitudes alimentaires et à d'autres caractéristiques personnelles. Mais on constate généralement que :

- le pic de productivité maximale se situe dans la matinée. Ce niveau ne sera plus atteint pendant le restant de la journée,
- le « creux de la vague » très répandu se situe l'après-midi. Certains le combattent en buvant du café, ce qui ne contribue d'ailleurs qu'à le prolonger.
- en début de soirée, l'énergie se fait de nouveau plus intense avant de décliner continuellement et atteindre son niveau le plus bas quelques heures après minuit.

Chacun de nous doit vivre avec les oscillations de sa productivité. Mais il est important que nous trouvions notre propre rythme quotidien afin d'accomplir les tâches importantes et complexes (A) au moment de plus forte productivité, c'est-à-dire pendant la matinée. Lors du « creux de la vague », nous ne devrions pas nous opposer à notre rythme biologique, mais au contraire essayer de nous détendre en réservant ces phases-là à la prise de contacts et aux tâches de routine (C). En fin d'après-midi, il nous faudrait profiter de notre regain d'énergie pour nous consacrer aux activités plus sérieuses (B).

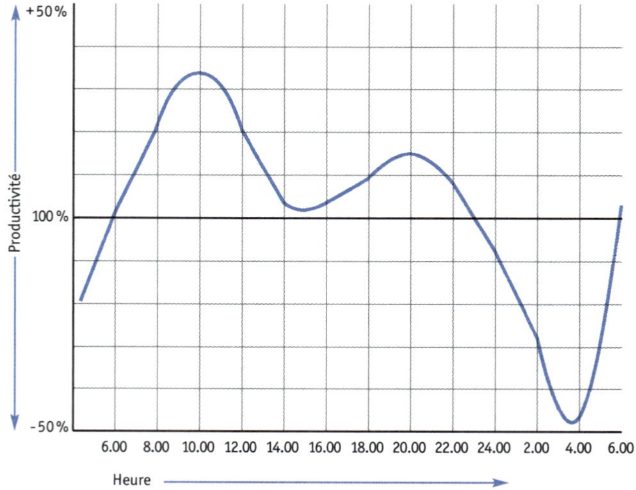

Synthèse

Votre courbe de productivité personnelle

Dessinez votre propre courbe de productivité

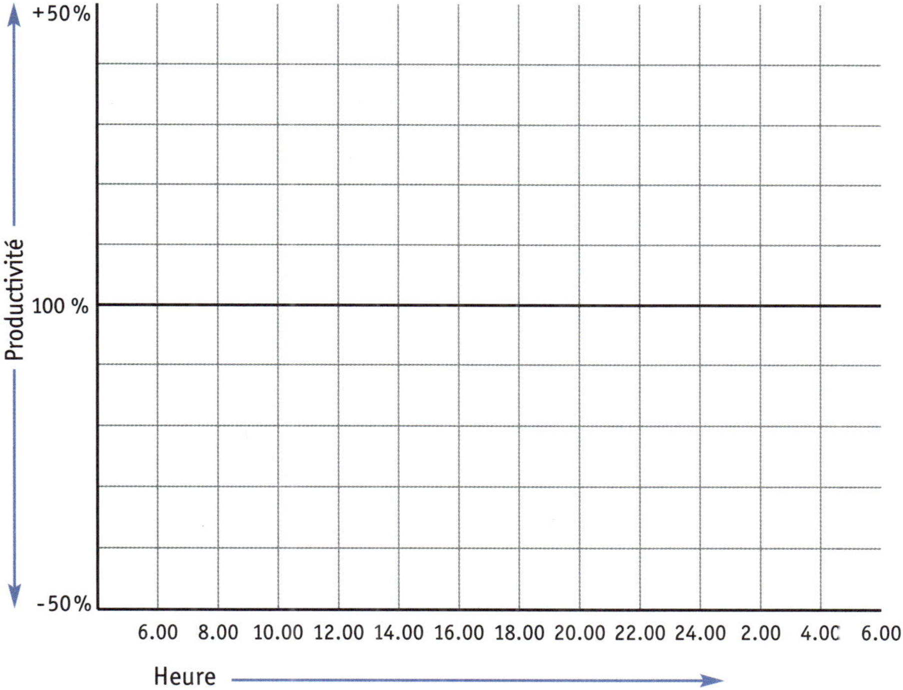

Si vous tenez compte de votre biorythme pour organiser votre journée, vous pourrez accroître considérablement votre productivité.

Les activités entreprises sur une durée trop longue ou bien de trop grande intensité ne sont pas toujours très efficaces car notre capacité d'attention diminue, laissant libre cours aux erreurs. Observez quelques moments de pause qui ne seront pas des pertes de temps, mais au contraire un moyen efficace pour recharger calmement vos batteries. Les effets de régénérescence introduits par les pauses peuvent être considérablement accrus si vous tentez de vous détendre et de faire quelques mouvements, excellents pour l'apport en oxygène.

Action / Exercice

Mon biorythme

1. Comment puis-je planifier ma journée en fonction de mon biorythme ?

-
-
-
-
-
-

2. Comment puis-je exploiter au maximum les effets de régénérescence lors de courtes pauses ?

-
-
-
-
-
-

3. Que vais-je entreprendre dès à présent pour utiliser au mieux mon rythme de productivité ?

-
-
-
-

Consacrez-vous une « heure calme »

Nous sommes nombreux à entreprendre les activités les plus absorbantes après les horaires officiels de travail. Pendant la journée, nous ne pouvons jamais nous y atteler car nous sommes constamment dérangés par des collègues, des clients, des coups de fil et des réunions.
Lorsque quelqu'un est perpétuellement dérangé ou bien interrompu dans son travail, on parle alors d'effet « lame de scie ». S'il est contraint de suspendre un travail, même pour un moment très bref, il aura besoin d'un certain moment avant de pouvoir reprendre son activité à l'endroit où il l'a laissée. Et si l'on additionne ces pertes de productivité, on peut comptabiliser facilement jusqu'à 28 % de perte de temps.

Il est recommandé de se consacrer aux activités les plus importantes (A) en veillant à ne pas être dérangé.
Dans la pratique, il s'est avéré très utile de se consacrer quotidiennement une « heure calme », pendant laquelle on souhaite n'être dérangé par personne. Si nous voulons être vraiment honnête, nous n'avons pas besoin d'être joignable à tout moment par téléphone et, d'ailleurs, nous ne sommes pas toujours disposé à communiquer. Le monde ne s'arrêtera pas et les affaires suivront leur cours normal même si vous vous isolez une heure. Lorsque vous avez rendez-vous avec quelqu'un ou bien que vous participez à une réunion, vous n'êtes généralement pas dérangé. Considérez donc cette heure calme comme un rendez-vous très important, peut-être même le plus important de la journée.

L'effet « lame de scie »

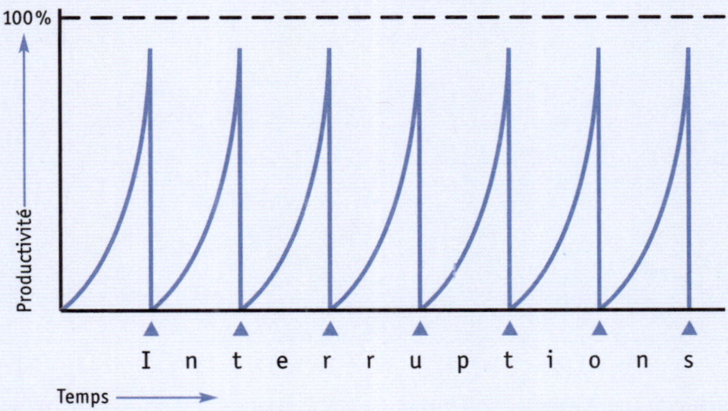

Un rendez-vous avec soi-même ! (heure calme)

D'un point de vue organisationnel, vous avez besoin de cette heure calme qui doit être considérée comme un rendez-vous très important pendant lequel vous ne devez être là pour personne :

- Intégrez cette heure calme à votre emploi du temps comme vous le faites pour une réunion ou bien pour une visite client.
- Faites barrage pendant cette heure calme (grâce à votre secrétaire), ou bien fermez la porte de votre bureau en précisant préalablement que vous « n'êtes pas là ».

Votre secrétaire peut parfaitement prendre en note les coups de téléphone, les demandes de vos collaborateurs et prévoir que vous les rappeliez. Ce fonctionnement peut vous paraître curieux, mais il est plus indispensable encore que vous puissiez vous consacrer à vos activités primordiales au moins une fois par jour ! Pour planifier cette heure calme, il vous faut prendre en compte l'évolution du rythme journalier, sachant qu'entre six et huit heures du matin, vous êtes moins dérangé et que vous l'êtes, en revanche, davantage dans le courant de la matinée. À partir de midi, les sollicitations se font moins pressantes, tandis que les coups de fil, réunions, discussions avec les collègues et autres interventions sont de nouveaux plus intenses vers seize heures.

La courbe des dérangements indiquée ci-dessous indique bien les temps forts de la journée :

Courbe de dérangements

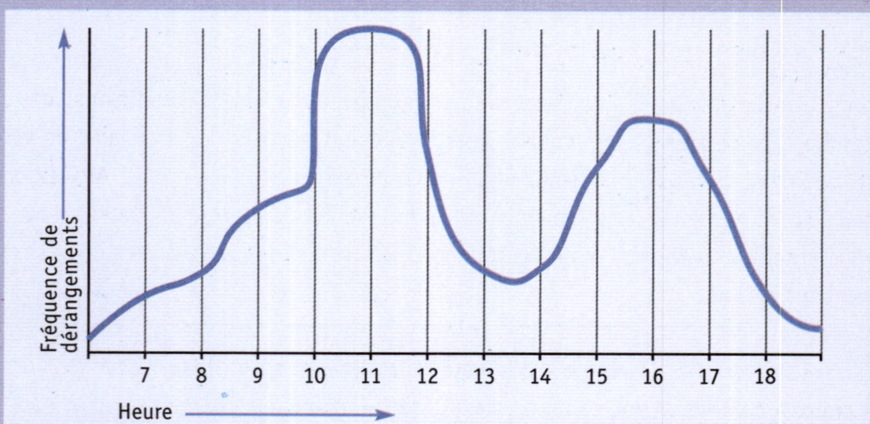

Synthèse

Votre courbe personnelle de dérangements

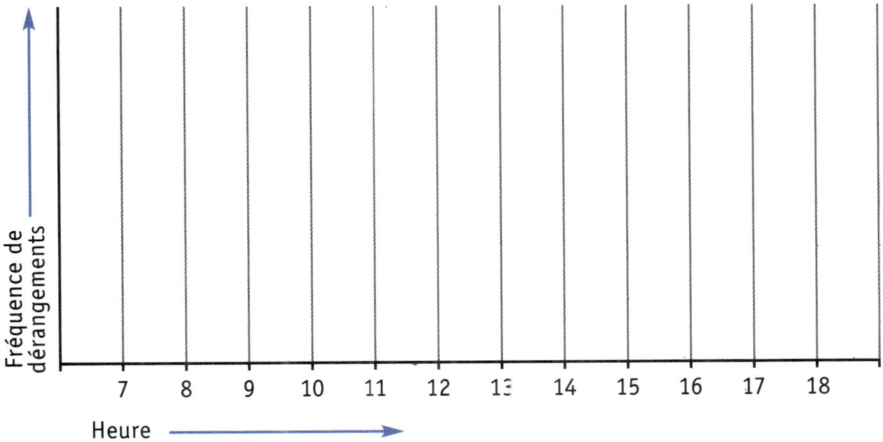

Essayez de tenir compte de votre courbe de dérangements :

- en planifiant votre heure calme pour vous consacrer aux tâches les plus importantes (A) pendant la phase la moins agitée de la matinée,
- en programmant les tâches secondaires (C) pendant les moments où vous savez que vous allez être souvent dérangé.

Il est plus facile de s'adonner à une activité complexe qui exige attention et concentration pendant une heure calme que dans les moments troublés par des imprévus, nécessitant alors deux à trois fois plus d'énergie (cf. effet lame de scie). Le matin tôt constitue un temps idéal de rendez-vous avec soi-même. Arrivez une demi-heure, voire une heure avant tout le monde au bureau et profitez-en pour vous enfermer avant que les mille et une sollicitations de la matinée ne vous tombent dessus.

Il n'est pas recommandé de placer cette heure calme en début d'après-midi, car si l'agitation est moindre au bureau, votre biorythme quant à lui connaît un « creux » ne vous permettant pas d'exploiter au maximum votre énergie et votre concentration pour les activités complexes.

Action / Exercice

L'heure calme

1. Comment puis-je tenir compte au mieux de ma courbe de dérangements pour organiser mon emploi du temps ?

- ______
- ______
- ______
- ______

2. Quels sont les moments de la journée qui se prêtent le mieux à la planification d'une heure calme ?

- ______
- ______
- ______
- ______

3. Quelles sont parmi les activités essentielles (A) celles que je peux le mieux effectuer pendant l'heure calme ?

- ______
- ______
- ______
- ______

4. Que vais-je envisager dès à présent pour pouvoir planifier régulièrement une heure calme ?

- ______
- ______
- ______

5. Je planifie quotidiennement mon heure calme entre ___ heures et ___ heures.

4. La discipline : l'une des clés du succès

« Si tu veux réussir, limite-toi. »

Charles Augustin Sainte-Beuve

La discipline : l'une des clés du succès

Dirigez en déléguant les tâches

Savoir déléguer les tâches contribue considérablement au succès et au gain de temps.

Pratiquez davantage le « management en déléguant »

- Pour chaque activité, demandez-vous si vous devez absolument la traiter vous-même ou bien si vous pouvez tout aussi bien et peut-être mieux encore la confier à d'autres.
- Sachez également déléguer les moyens de contrôle et les activités sur le long terme qui peuvent motiver vos collaborateurs et être suivies par eux de manière parfaitement compétente.
- Déléguez quotidiennement aussi souvent et autant que possible, dès lors que vous n'êtes pas en situation de submerger vos collaborateurs.
- N'hésitez pas à déléguer à vos collaborateurs mais aussi à d'autres départements de l'entreprise, de même qu'à des services internes ou externes.
- Choisissez parmi vos collaborateurs ceux que vous souhaitez responsabiliser et ceux qui devraient acquérir davantage d'expérience. Déléguez uniquement aux personnes qui sont aptes à maîtriser les tâches que vous leur confiez et à celles qui sont motivées.
- Déléguez systématiquement les tâches avec les compétences et la responsabilité inhérentes à celles-ci.
- Faites en sorte de déléguer des tâches dans leur intégralité et de l'expliciter clairement à la personne concernée.
- Ne déléguez aucune activité stratégique essentielle comme par exemple la définition des objectifs. Il en est de même pour les tâches confidentielles que vous devez absolument garder sous votre responsabilité.

✓ Liste

Les règles pour déléguer

- ☐ Quelle est la tâche ? (contenu)
- ☐ Qui doit la faire ? (personne)
- ☐ Pourquoi cette personne ? (motivation, objectif)
- ☐ Comment devra-t-elle procéder ? (masse de travail, détails)
- ☐ Quand ce travail doit-il être remis ? (date)

Test : votre aptitude à déléguer

Quels arguments vous paraissent-ils favoriser le fait de déléguer les tâches ?

- ☐ Déléguer permet d'être moins stressé et de pouvoir consacrer plus de temps aux activités importantes (inhérentes à un poste à responsabilités).
- ☐ Déléguer permet d'exploiter les connaissances et les expériences des collaborateurs concernés.
- ☐ Déléguer permet de développer les capacités, le sens de l'initiative, l'autonomie et les compétences des collaborateurs.
- ☐ Déléguer les tâches a souvent des effets très positifs sur la motivation et la satisfaction des collaborateurs et subalternes.

Vous avez coché plusieurs cases ou peut-être même la totalité ? Vous comptez donc parmi ceux qui s'accordent à dire que savoir déléguer apporte des avantages aux cadres dirigeants comme aux collaborateurs et subalternes car cela signifie :

- se décharger,
- gagner du temps pour les activités A et
- pour les collaborateurs et subalternes, saisir des opportunités de développer leurs compétences (motivation).

Les collaborateurs et subalternes accueillent généralement de manière très positive les tâches qu'on leur confie avec à-propos quand il s'agit de la prise en charge d'activités, des compétences nécessaires et que leur en incombe également la responsabilité.

Pour déléguer convenablement, il faut faire preuve de deux qualités :

- être prêt à déléguer (vouloir),
- être apte à déléguer (pouvoir).

Ceux qui ne délèguent pas efficacement ne font pas de bons managers. Le bon vouloir dépend de votre décision personnelle. L'aptitude exige de vous un certain talent d'organisation ainsi que de l'enthousiasme.
Qu'est-ce qui vous empêche de déléguer dès à présent un plus grand nombre de tâches ?

Synthèse

Liste des activités

Déléguer efficacement nécessite une bonne organisation du travail !
Planifiez également les tâches que vous déléguez et contrôlez-les à l'aide d'une « liste des activités/contrôle des tâches » (modèle vierge page 64).

Pour le mois de Mai

Date	Priorité A	B	C	Activité/ Tâche	Temps	Responsable	Début	Fin	OK ✓
2. 5.	x			Conception pub TIS à terminer	1,0	moi-même		30. 5.	
3. 5.		x		Préparation de la conférence HET		A. Dupont	5. 5.	20. 5.	
3. 5.		x		Rédaction de l'exposé ventes Lille		serv. com.		18. 5.	
5. 5.		x		Relire le compte rendu sur le taux d'absentéisme	0,5	moi-même		10. 5.	
7. 5.			x	Réunion du groupe de projet IBM		S. Baudin		16. 5.	
7. 5.			x	Rédaction de l'article « traitement de texte »	2,0	moi-même		30. 5.	
8. 5.			x	Organisation de la visite de l'atelier BMW		F. Robert		28. 5.	
12. 5.			x	Synthèse du compte rendu des ventes « sud »		S. Perrault		21. 5.	
17. 5.			x	Rendu de la planification du séminaire	0,5	moi-même		30. 5.	

Synthèse

Votre liste personnelle d'activités

Mettez au point votre propre liste d'activités pour le mois prochain en vous inspirant du modèle de la page précédente.

Pour le mois de ____________________

Date	Priorité A	B	C	Activité/ Tâche	Temps	Responsable	Début	Fin	OK ✓

Le « principe Eisenhower »

Le schéma de prise de décision relativement simple et pratique attribué à D. Eisenhower (1890-1969) peut être d'une aide précieuse pour déléguer les tâches, surtout dans les situations où il faut savoir prendre des décisions rapidement et classer les activités par ordre d'importance. À la suite d'un infarctus, le président des États-Unis tria l'indispensable de l'accessoire en établissant les priorités selon deux critères :

- leur degré d'importance,
- leur degré d'urgence.

Nous vivons dans une société complètement sous l'emprise du démon de l'urgence. Il nous faut tout avoir rapidement et nous croyons qu'il nous faut systématiquement nous consacrer d'abord à ce qui est pressé. Pourtant, nombreuses sont les affaires urgentes qui ne sont pas importantes et l'inverse est également vrai, car les affaires importantes ne sont pas toujours urgentes. Refusez de subir davantage cette pression et établissez d'abord vos priorités. En fonction du degré d'urgence et d'importance, une activité peut correspondre à l'un des quatre critères d'évaluation possibles permettant ensuite de la traiter :

- Les tâches qui sont aussi bien urgentes qu'importantes doivent être prises en main et traitées immédiatement par vos soins (A).
- Les tâches de la plus haute importance qui ne sont pas urgentes peuvent d'abord être mises en attente, mais il faut impérativement les programmer et donc prévoir une date, les déléguer éventuellement et les contrôler (B).
- Les tâches qui sont secondaires mais relativement pressées peuvent être déléguées et donc reléguées au second plan (C).
- En revanche, il faut absolument prendre du recul par rapport aux tâches qui n'ont aucun degré d'urgence ni d'importance (corbeille à papiers).

Conseil

Développez un peu votre goût du risque et décidez-vous plus souvent en faveur de la corbeille à papiers : c'est la meilleure amie de l'homme. Certaines affaires se résolvent d'elles-mêmes quand elles sont laissées en attente suffisamment longtemps.

Action / Exercice

Déléguer les tâches

1. Quels sont les points qui m'ont empêché jusqu'à présent de déléguer davantage?

- ______
- ______
- ______

2. Quelles sont les activités que mes collaborateurs pourraient prendre en charge ponctuellement ou continuellement ?

- ______
- ______
- ______

3. Comment pourrai-je contrôler les dates de rendu des projets que je délègue ?

- ______
- ______
- ______

4. Que puis-je faire dès à présent pour déléguer immédiatement certaines activités comptant parmi mes responsabilités ?

Tâche A ______

Temps nécessaire : ______ Déléguée à : ______

Tâche B ______

Temps nécessaire : ______ Déléguée à : ______

Tâche C ______

Temps nécessaire : ______ Déléguée à : ______

Utilisez un outil de gestion du temps

Les PDA et les smartphones que l'on appelle plus communément assistants numériques personnels servent de réponse à la complexité croissante de nos activités et de notre réseau relationnel ainsi qu'à l'accélération des processus de travail.

Malgré leur coût encore élevé, ils remportent un succès considérable auprès des cadres supérieurs. Mais ils comportent malheureusement le danger de multiplier nos sollicitations quotidiennes. Plus un agenda électronique propose de fonctions, plus il nécessite de temps pour pouvoir l'utiliser et nous en servir au mieux. Nous sommes alors beaucoup plus souvent victime des perfidies et des tracas de la technique...

Un agenda est censé être une aide efficace nous permettant de gagner du temps. Il serait donc préférable d'éviter qu'il nous en fasse perdre sous le prétexte de vouloir nous mettre à la pointe de la modernité !

L'agenda simple

Il existe bien évidemment différents types d'agendas et de calendriers ou semainiers simples.

- Ils se présentent le plus souvent sous la forme de carnets ou cahiers, voire de planchettes. Les petits modèles offrent l'avantage de pouvoir toujours et partout être emportés avec soi et donc d'être à portée de la main, glissés dans la poche de la veste ou bien dans la serviette. Ils sont particulièrement maniables.

- Les plannings muraux sont des outils très efficaces. Certains peuvent être utilisés avec des marqueurs effaçables, ce qui en enrichit l'utilisation.

Ces calendriers hebdomadaires, mensuels ou annuels constituent à la fois un tableau de bord et un outil de communication permettant à chacun d'être informé des réunions, projets, congés, des prévisions de production et des résultats des ventes, de même que des échéances de paiement.

L'organiseur version papier

Un organiseur version papier du genre « Filofax » est un moyen éprouvé de travail, d'ordre et d'autodiscipline. Il constitue plus qu'un simple calendrier, celui-ci servant essentiellement de mémo pour les rendez-vous et les dossiers, et ne contenant pas de listes de responsabilités, de priorités, ni la durée et l'objectif visé des activités que l'on souhaite suivre soi-même ou bien déléguer.

Les agendas classiques qui servent uniquement à la prise de note et à la mémorisation des rendez-vous mettent en échec toute tentative de gestion efficace du temps. En revanche, un organiseur permet de mieux planifier, organiser, coordonner et rationaliser le travail quotidien. La gestion du temps améliore la qualité et le succès de l'activité, et l'utilisation d'un tel instrument de travail vous donnera l'occasion de gagner jusqu'à une heure par jour !

Les organiseurs présentent l'avantage d'être toujours à votre disposition et de pouvoir être compulsés à tout moment. En plus du calendrier, des listes d'activités, d'adresses et des informations importantes, ils consacrent un espace approprié à vos notes spontanées et à vos idées créatives.

Les différentes marques leaders sur le marché en proposent plusieurs variantes. Les plus complètes d'entre elles comportent en plus du semainier un journalier perpétuel, des fiches clients, des fiches voiture et voyage, une partie bloc-notes personnel, une partie consacrée aux recettes et dépenses, des enveloppes pour les justificatifs de frais, un répertoire, une pochette plastique destinée aux cartes de visite, un index alphabétique, un bloc quadrillé, des intercalaires de couleur, un réglet plastique et un stylo.

Vous y trouverez également une foule de renseignements utiles (ainsi que le proposent depuis longtemps déjà certains agendas simples), notamment les dates des vacances scolaires, les fêtes nationales, des cartes géographiques, les distances entre les grandes villes, les fuseaux horaires, un plan du métro parisien, des appréciations sur les vins millésimés, etc. Comparés aux organiseurs électroniques, ils sont en outre très peu coûteux et ne nécessitent ni connaissances informatiques, ni temps de préparation pour pouvoir être manipulés et exploités au maximum.

Pour faire le meilleur choix, il est recommandé de vous rendre chez un spécialiste et de vous faire conseiller par un vendeur bien informé qui vous présentera les différentes marques et gammes d'organiseurs, à moins que vous ne vous adressiez directement au fournisseur habituel de votre entreprise qui vous proposera un éventail des marques les plus importantes.

Un agenda simple ne peut reprendre les différentes fonctions d'un organiseur. Un comparatif des deux valorise nettement le second aux dépens du premier.

Le tableau ci-dessous classe les types d'agendas existant sur le marché selon la complexité de leur utilisation, en l'occurrence du plus simple au plus élaboré. Mais les techniques modernes n'ont pas encore dit leur dernier mot et il n'est pas exclu que les agendas électroniques et les agendas sur le Web se perfectionnent encore dans les années à venir.

Les logiciels électroniques (PIM)

Les chefs d'entreprise ont souvent recours au *Personal Information Manager* (PIM), logiciel qu'ils intègrent à leur ordinateur de bureau ou bien à leur ordinateur portable.

Le gestionnaire de temps sur PC présente une série de nouvelles possibilités :

- → Contacts, rendez-vous, tâches et personnes sont attribués et apparaissent en fonction des projets auxquels ils correspondent, et inversement.
- → Les tâches importantes qui n'ont pas été effectuées sont automatiquement reportées au lendemain et peuvent être affichées en fonction de leur durée et de leur priorité.

Outils de gestion du temps : de l'agenda simple à l'organiseur virtuel sur Internet

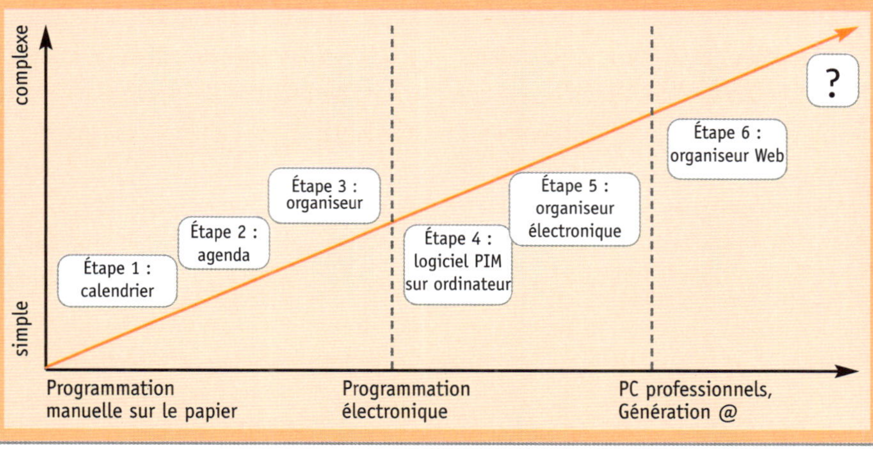

Synthèse

Mise au point d'un organiseur de programmation du temps et des objectifs

Principaux volets	Index	Formulaires
1. Activités : programmation/suivi/contrôle	Activités	• Activités/Liste • Programmation des entretiens et projets
Saisie et programmation de tous les rendez-vous, activités et projets (à court, moyen et long terme) ainsi que le suivi et le contrôle de ces activités	Synthèse	• Programmations mensuelles • Programmation de projet et de réseau, Programmation de projet et de réseau de l'année suivante • Synthèse annuelle, Synthèse de l'année suivante • Programmation hebdomadaire/ rendez-vous pris
	Gestion du jour	• Prévisions du jour, rendez-vous
2. Informations personnelles, données Enregistrement de notices, données et faits des domaines les plus importants	Banque de données	• Banque de donnée/Sommaire • Mémo/emprunt/prêt • Date de règlement/Synthèse • Données personnelles
3. Informations générales/ formulaires/téléphone/télécopie/ e-mail/liste d'adresses	Info	• Infos générales, carte du monde • Vacances scolaires/jours fériés • Dates des foires • Rendez-vous fiscaux/Synthèse
Mise à disposition rapide des informations générales et des coordonnées nécessaires, numéro de téléphone, de fax et adresse électronique (en déplacement, lors de visites clients, au bureau et à la maison)	Divers	• Notices, rapports • Papier à lignes, papier quadrillé • Diagramme CA, justificatifs de frais de déplacement
	Adresses	• Liste adresses et téléphones, préfixe interne • Enveloppes transparentes

Ces indications vous ouvrent un vaste champ d'actions et de planifications car :
- Vous avez ainsi la possibilité de suivre et contrôler convenablement vos objectifs en fonction des dates enregistrées.
- Vous pouvez planifier vos nouveaux rendez-vous en fonction de l'agenda préexistant, ce qui évitera que vous preniez deux rendez-vous au même moment.

En revanche, si l'on souhaite rentrer rapidement une idée, il faut compter avec le démarrage particulièrement lent du PC et du programme.

Pour faire votre choix, renseignez-vous dans un magasin spécialisé et faites-vous conseiller par un vendeur avisé.

Les organiseurs électroniques (PDA)

Les organiseurs électroniques ou assistants numériques personnels, également nommés Palm ou PDA (*Personal Digital Assistant*), sont de plus en plus courus. Ce ne sont plus de simples calculatrices qui sortent de nos poches et sacs à main, mais il s'agit bien d'un matériel à l'aspect visiblement très semblable ; ses applications sont, quant à elles, beaucoup plus élaborées que celles qui nous sont proposées par nos chères calculettes.

Les plus grands avantages de ces instruments de travail résident dans leur format : ils sont petits et maniables et comportent également une certaine marge d'autonomie lorsqu'ils ne peuvent être branchés. Ils optimisent l'administration des adresses, rendez-vous, textes et activités, de même que les adresses électroniques, et permettent aux professionnels « nomades » d'acquérir l'information sur le terrain et de gagner de ce fait un temps considérable.

Mais le PDA n'a pas fini de se transformer. Les claviers sont virtuels, les écrans se modifient, la couleur apparaît et le son numérique s'impose. Cet instrument comporte également un port lui permettant de recevoir tout type de modules. Que nous réserve-t-il encore ?

Il existe trois familles d'organiseurs électroniques se distinguant par leur système d'exploitation :

Le Psion (EPOC) : si vous n'avez pas besoin d'une mémoire importante, il vous permet de suivre parfaitement la gestion de vos rendez-vous, le suivi de vos textes, tableurs et données. Il s'agit en réalité du premier organiseur électronique à avoir été lancé sur le marché, cumulant « hardware » et « software » en un seul et unique pack. On peut donc le qualifier de précurseur, même s'il est aujourd'hui largement supplanté par les deux systèmes d'exploitation indiqués ci-dessous.

Le Palm OS : il est situé en haut du palmarès des assistants personnels et présente toujours plus de fonctions, comme par exemple l'appareil photo digital, les jeux et la musique (MP3). Les données sont ajustées régulièrement grâce aux possibilités offertes par la station d'accueil, qui s'acquiert indépendamment du reste. Il peut éventuellement reconnaître l'alphabet graffiti, très facile à maîtriser et dessiné d'une façon particulière.

Le Pocket PC : il s'agit d'un système d'exploitation également très performant, concurrent direct de Palm OS. Ce PDA fonctionne avec une version Windows « allégée », exigeant cependant une mémoire conséquente. Pocket PC est adopté par Casio, Compaq et Hewlett-Packard, etc.

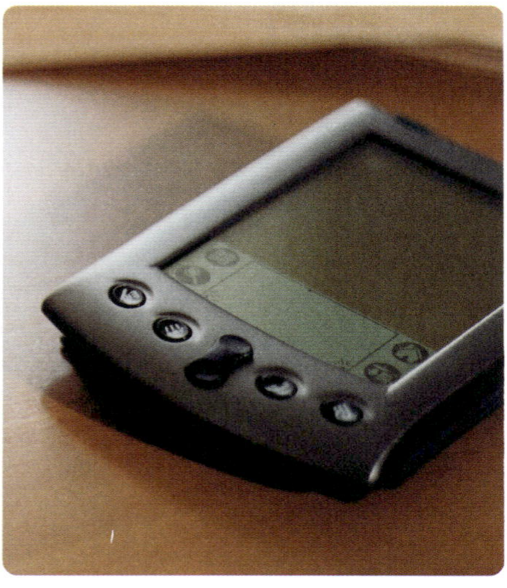

Si vous souhaitez administrer un grand nombre de données sans avoir à vous promener partout avec votre portable, si le téléchargement des données de votre agenda vers votre PC vous paraît pénible et que vous avez besoin de travailler en parfaite autonomie pendant des périodes prolongées, alors vous avez effectivement intérêt à vous tourner vers les organiseurs électroniques. Ces organiseurs peuvent être reliés au PC par un câble ou un port infrarouge.

L'organiseur via le Web

Le principe est simple : à l'aide d'un mot de passe, l'utilisateur, quelle que soit sa situation dans le monde, peut se connecter à son organiseur Web par l'intermédiaire de n'importe quel ordinateur ayant accès à Internet. Il peut ainsi administrer ses rendez-vous personnels, adresses, activités, mémos et fichiers (documents, images, musique MP3). Son coût est évidemment fonction du type de connexion à Internet pour laquelle l'utilisateur a opté.

L'utilisateur peut avoir accès à ses fichiers par l'intermédiaire de différents outils : l'ordinateur portable par exemple, mais également l'ordinateur de bureau, le PDA ou bien le téléphone mobile, à moins qu'il ne préfère synchroniser ses données avec un PDA. Il peut programmer le rappel automatique de rendez-vous, d'activités ou d'anniversaires par SMS ou par e-mail. Il existe également une fonction permettant à des équipes, amis ou collègues de se retrouver sur le Web pour visualiser des photos, par exemple. Par ailleurs, il est possible de recevoir sur demande des adresses utiles et des liens avec les sites intéressants.

Une bonne protection des fichiers est alors indispensable et l'accès à Internet doit être parfaitement fiable.
Si vous le souhaitez, vous pouvez tout à fait administrer et centraliser vos données par le biais de l'organiseur du Web.
Nombreux sont les utilisateurs qui ont ainsi organisé leurs fichiers personnels :

- les e-mails dans GMX,
- l'agenda dans MS-Outlook,
- la liste des éditeurs de livres dans le PC à la maison,
- le répondeur automatique virtuel et le fax chez un fournisseur UMTS,
- les fichiers les plus importants sur le PC de l'entreprise et
- les activités et les mémos sur l'écran.

Un organiseur Web réunit l'ensemble de ces aspects.

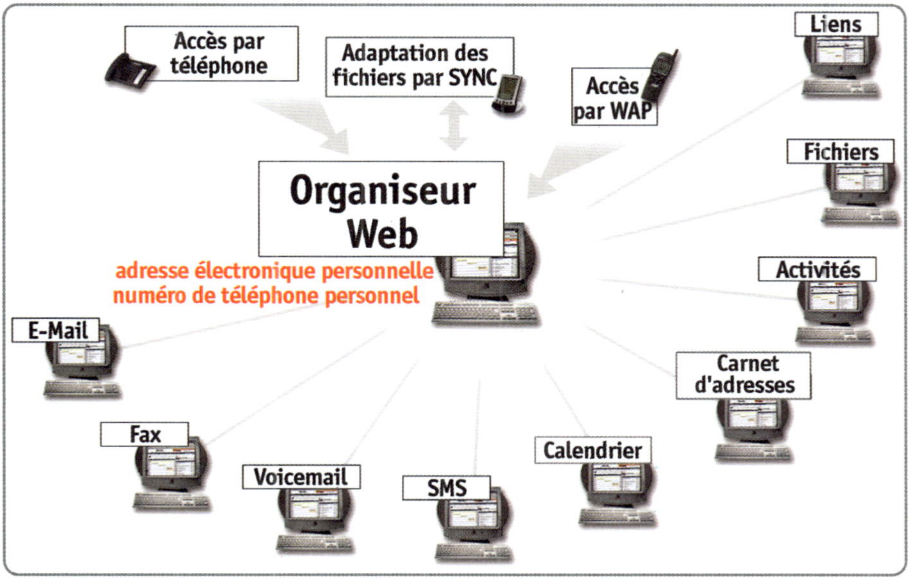

Source: daybyday Media GmbH

La décentralisation et la mobilité des utilisateurs favorisent l'efficacité des organiseurs en ligne. Combiné avec un téléphone portable WAP, ils constituent une solution de remplacement au PDA et viennent même le compléter. On recense un nombre toujours croissant d'utilisateurs. Étant donné l'élargissement constant des capacités de l'organiseur Web, nous vous recommandons de constater par vous-même l'état actuel de son développement en vous rendant sur Internet.

Un gestionnaire virtuel du temps sur le Web intègre de nouvelles dimensions. Nous verrons bien si les organiseurs en ligne sont aptes à concurrencer les portables, les PDA et surtout nos bonnes vieilles habitudes.
Actuellement, ils sont encore inaptes à remplacer tout cela, et ils servent essentiellement de complément à Outlook et à Palm. Leur avenir est dépendant des futurs coûts de manipulation en ligne ainsi que de la rapidité de surf sur le Web ainsi que des capacités des nouveaux téléphones portables UMTS.

Avec un outil de gestion du temps, vous pouvez agir efficacement sur deux aspects :

- Il vous est possible d'organiser votre temps de telle manière que vous puissiez finalement en gagner pour travailler.

- Ou bien vous pouvez organiser votre temps de telle sorte qu'il vous est possible d'en gagner pour vos activités personnelles, votre famille, vos amis et pour votre programme de remise en forme.

Conseil

Ne vous laissez pas impressionner par l'énorme masse des outils de gestion de temps haute technologie proposés sur le marché. Faites le choix de votre organiseur en fonction de vos besoins personnels, de vos activités et de vos habitudes. Si vous avez toujours très bien travaillé avec un organiseur version papier, pourquoi chercher à en changer ? L'organiseur électronique n'est absolument pas indispensable dans votre cas.

Test : Quel type d'organisateur êtes-vous ?

Grâce au test figurant sur les pages suivantes, il vous sera possible de savoir quel type d'organisateur vous êtes, ainsi que la manière dont vous pouvez optimiser votre gestion du temps.

Chacun de nous est doté de qualités qui lui sont propres, et c'est également le cas en matière d'organisation. Certains brillent par leurs talents d'organisateur, tandis que d'autres sont capables de déclencher un véritable chaos. Les premiers sont aptes à organiser et à planifier convenablement leurs tâches. Ils travaillent de manière systématique et ne se laissent pas perturber par les imprévus de la journée. Ils bénéficient donc de plus de temps leur permettant de se consacrer à leurs envies personnelles et professionnelles et d'atteindre les objectifs qu'ils se sont fixés.
Les seconds, à l'inverse, empilent sur leur bureau les papiers et les activités qui n'ont pas été suivies. Ils les repoussent et tentent vainement de venir à bout de leur quotidien stressant et pénible. Le manque de temps constitue leur plus gros problème.

Et maintenant, pas de mauvais prétexte !

L'aptitude à l'organisation personnelle n'est pas innée. Les gènes ne nous prédisposent ni au management ni même à l'absence de sens organisationnel. L'essentiel n'est pas de savoir si nous sommes intelligents ou cultivés, assidus ou paresseux, désorganisés ou bien ordonnés mais plutôt d'appréhender la manière dont :

- nous gérons notre temps,
- nous traitons les informations et
- nous nous motivons nous-même.

Pour identifier plus précisément votre type de fonctionnement, répondez aux questions suivantes. Les résultats du test sont indiqués pages 80 et 81.

Test de gestion du temps, Partie 1 : Profil (cochez la bonne case)

0 = oui
1 = non
2 = oui / non

	0	1	2
1. J'ai besoin d'avoir mon agenda toujours sur moi.	☐	☐	☐
2. Je note mes remarques plus facilement sur du papier que sur mon PC.	☐	☐	☐
3. Je souhaite que d'autres collaborateurs de mon équipe puissent avoir accès à mes rendez-vous et projets.	☐	☐	☐
4. Lors d'entretiens et de réunions, j'ai toujours mon agenda complet sous la main.	☐	☐	☐
5. Je ne m'occupe pas de mes rendez-vous moi-même mais c'est ma secrétaire/assistante qui s'en charge.	☐	☐	☐
6. Je dirige une équipe et programme également les rendez-vous et activités de mes collaborateurs.	☐	☐	☐
7. J'imprime systématiquement les documents importants.	☐	☐	☐
8. J'exerce mes activités dans différents bureaux de l'entreprise.	☐	☐	☐
9. Mes discussions les plus importantes sont presque toujours informelles ; elles ont lieu pendant le déjeuner ou le dîner.	☐	☐	☐
10. Je fais chaque jour une liste des affaires que je dois traiter.	☐	☐	☐

	0	1	2
11. Je planifie moi-même et indépendamment des autres dans l'entreprise l'ensemble de mes rendez-vous.			
12. Il est important pour moi de projeter rapidement mes projets dans le temps.			
13. J'ai toujours besoin de quelqu'un qui me rappelle mes rendez-vous.			
14. Je suis souvent en déplacement et je travaille beaucoup dans le train ou dans l'avion.			
15. Je veux pouvoir m'informer à tout moment de l'état des rendez-vous dans mon service.			
16. L'équipe avec laquelle je travaille est complètement décentralisée dans plusieurs bâtiments/villes/pays.			
17. J'ai toujours besoin d'avoir un accès immédiat à ma base de données.			
18. Ce que j'ai écrit à la main s'imprime dans ma mémoire.			
19. J'ai besoin de voir tout écrit noir sur blanc et je ne me fie aucunement au monde virtuel.			
20. Je travaille continuellement à mon bureau avec mon PC que je ne quitte que pour de brefs entretiens.			

Source : Test de gestion du temps de Time/system

Test : Quel type d'organisateur êtes-vous ?

Test de gestion du temps, Partie 2 : Degré de structuration

A = ne me concerne pas
B = me concerne quelquefois
C = me concerne complètement

1.	Il ne m'arrive quasiment jamais d'oublier un rendez-vous.	A ☐	B ☐	C ☐
2.	Mon bureau est toujours parfaitement rangé.	A ☐	B ☐	C ☐
3.	Quand je veux ne pas être dérangé, je m'organise en conséquence.	A ☐	B ☐	C ☐
4.	Je traite les affaires les plus complexes tôt le matin tout de suite en arrivant.	A ☐	B ☐	C ☐
5.	Lors d'un entretien, j'ai toujours les informations importantes sous la main.	A ☐	B ☐	C ☐
6.	Lorsque je travaille sur un projet ou sur un manuscrit, j'évite de faire étalage des informations autour de moi.	A ☐	B ☐	C ☐
7.	Je n'ai pas le sentiment de me laisser facilement distraire.	A ☐	B ☐	C ☐
8.	Je me concentre au mieux lorsque mon bureau de travail est rangé.	A ☐	B ☐	C ☐
9.	Il arrive souvent que je m'arrange pour que les appels arrivent directement chez un collègue ou chez ma secrétaire.	A ☐	B ☐	C ☐

	A	B	C
10. J'établis des priorités strictes entre les tâches.	A ☐	B ☐	C ☐
11. Lorsque mon patron m'appelle, je ne bondis pas immédiatement sur ses talons.	A ☐	B ☐	C ☐
12. Lorsque j'ai un document en main, j'en exécute le contenu immédiatement et définitivement, quand c'est possible.	A ☐	B ☐	C ☐
13. Je participe rarement à de brèves réunions spontanées avec mes collègues.	A ☐	B ☐	C ☐
14. Lorsque des collègues cherchent un document dans mon bureau, ils ont de grandes chances de le trouver.	A ☐	B ☐	C ☐
15. Il sort rarement une idée vraiment bonne de ma pochette de « projets intéressants ».	A ☐	B ☐	C ☐
16. Je n'aime pas voir des mémos collés sur mon téléphone ou mon PC.	A ☐	B ☐	C ☐
17. Je commence ma journée en me préparant un aperçu des projets à traiter.	A ☐	B ☐	C ☐
18. Lors de rendez-vous extérieurs, j'emporte des documents que je peux traiter sur place si le délai d'attente est prolongé.	A ☐	B ☐	C ☐
19. Je prends rarement les communications téléphoniques moi-même.	A ☐	B ☐	C ☐
20. Je ne m'attends pas à ce que mes collaborateurs subalternes soient disponibles à tout moment pour une réunion.	A ☐	B ☐	C ☐

Source : Test de gestion du temps de Time/system

Test : Quel type d'organisateur êtes-vous ?

Test de gestion du temps, solution de la partie 1 : Profil

Inscrivez pour chaque question le nombre de points correspondants, puis additionnez-les.

Question 1 : oui (5), non (15), ne sait pas (10) ________
Question 2 : oui (5), non (15), ne sait pas (10) ________
Question 3 : oui (15), non (5), ne sait pas (10) ________
Question 4 : oui (5), non (15), ne sait pas (10) ________
Question 5 : oui (15), non (5), ne sait pas (10) ________
Question 6 : oui (13), non (7), ne sait pas (10) ________
Question 7 : oui (5), non (15), ne sait pas (10) ________
Question 8 : oui (7), non (13), ne sait pas (10) ________
Question 9 : oui (5), non (13), ne sait pas (10) ________
Question 10 : oui (7), non (13), ne sait pas (10) ________
Question 11 : oui (7), non (13), ne sait pas (10) ________
Question 12 : oui (15), non (7), ne sait pas (10) ________
Question 13 : oui (13), non (7), ne sait pas (10) ________
Question 14 : oui (7), non (13), ne sait pas (10) ________
Question 15 : oui (15), non (5), ne sait pas (20) ________
Question 16 : oui (13), non (7), ne sait pas (10) ________
Question 17 : oui (7), non (13), ne sait pas (10) ________
Question 18 : oui (5), non (15), ne sait pas (10) ________
Question 19 : oui (5), non (15), ne sait pas (10) ________
Question 20 : oui (15), non (5), ne sait pas (10) ________

Total des points : ________

Test de gestion du temps, solution de la partie 2 : Degré de structuration

Comptabilisez le nombre de A, de B et de C que vous avez cochés et considérez la lettre qui cumule le maximum de points. Si vous comptabilisez par exemple autant de A que de B, répondez une nouvelle fois aux questions pour faire pencher la balance vers l'une ou l'autre tendance.

Matrice de résultat :

Combinez les résultats des deux parties du test et vous trouverez le type auquel vous correspondez.

Résultat de la partie 1 : 118 à 171 points, puis résultat de la partie 2 :

davantage de **A** : = Type 1
davantage de **B** : = Type 2
davantage de **C** : = Type 3

Résultat de la partie 1 : 172 à 229 points, puis résultat de la partie 2 :

davantage de **A** : = Type 4
davantage de **B** : = Type 5
davantage de **C** : = Type 6

Résultat de la partie 1 : 230 à 287 points, puis résultat de la partie 2 :

davantage de **A** : = Type 7
davantage de **B** : = Type 8
davantage de **C** : = Type 9

Source : Test de gestion du temps de Time/system

Test de gestion du temps, solution, Partie 3 : Les différents types d'organisateur

Type 1 : le talent de l'improvisation

Votre souplesse de caractère est très appréciée par vos collègues. Vous ne vous raccrochez pas aux principes et faites preuve dans les situations critiques d'un sens de l'improvisation enviable.

Votre profil : vous adoptez le principe de la trace écrite et notez ce que vous devez faire. Vous préférez le papier et le crayon au clavier de votre PC. En dépit de vos efforts dans le domaine du management, vous vous laissez envahir par la paperasse qui régit votre bureau. Votre plus grande cause de perte de temps : vous notez des points importants sur des mémos et passez ensuite beaucoup de temps à mettre de l'ordre dans la multitude de vos papiers. Il n'est pas rare que des informations importantes disparaissent complètement de la circulation et c'est là que votre magnifique sens de l'improvisation vous permet de reprendre le dessus, car vous êtes apte à réintégrer dans votre agenda un rendez-vous oublié.

Conseil : il n'y a pas de mal à préférer l'utilisation du crayon et du papier mais votre gestion des mémos laisse quelque peu à désirer. Il est pourtant bien simple de lutter contre ce travers en vous munissant d'un organiseur traditionnel qui vous conviendra parfaitement. Et c'est à l'intérieur de celui-ci que vous pourrez coller à volonté vos mémos dans les rubriques qui leur correspondent. Une méthode qui ne générera plus de perte !

Type 2 : le professionnel organisé classique

Vous vous fiez aux méthodes qui ont fait leurs preuves et vous ne vous laissez pas aveugler par les mouvements de mode de courte durée. Vous êtes apprécié pour votre pondération et votre capacité de jugement clair. Vous êtes parfaitement organisé et cela depuis de longues années déjà, car vous avez besoin de maîtriser ce qui se passe, ainsi que votre propre caractère.

Votre profil : félicitations. Vous comptez parmi les gens aptes à une organisation personnelle très disciplinée. Votre système de gestion du temps vous permet d'aboutir à vos fins et il est difficile de faire mieux. Vous utilisez évidemment un organiseur traditionnel, car toute autre chose vous deviendrait rapidement incommodante.

Conseil : ne perdez pas complètement de vue le recours au logiciel pour la gestion de votre temps. Certains systèmes ont déjà prouvé leur efficacité. L'accès commun aux rendez-vous, projets et gestion des ressources permet de travailler en toute transparence et d'alléger l'organisation de travail des collaborateurs. Plongez-vous donc une fois dans l'univers des organiseurs électroniques.

Type 3 : l'ambitieux

Vous planifiez vos activités et vos projets de manière très systématique et efficace. Le succès vous donne raison. Mais l'investissement personnel dont vous faites preuve pour maîtriser l'ensemble de vos responsabilités est très important.

Profil : votre instrument de gestion du temps est un système professionnel de management. Vous l'avez choisi en connaissance de cause, car c'est celui qui convient le mieux à votre environnement. Vous avez peut-être parfois l'impression que le traitement des projets pourrait être plus harmonieux et éviter un certain nombre de frictions. Ces accrocs peuvent éventuellement être liés au flux d'information entre vos collaborateurs et vous-même. Si vous avez le sentiment que votre instrument de gestion du temps devient insuffisant dans l'univers actuel du travail, n'hésitez pas à avoir recours à un organiseur électronique.

Conseil : justement parce que vous êtes un professionnel de la programmation, vous devriez étudier les possibilités offertes par les logiciels actuels, sans renoncer pour autant à vos méthodes éprouvées. Grâce à l'impression des documents informatiques, vous pourrez combiner tous les avantages que présentent les différentes méthodes et les exploiter au maximum.

Type 4 : le générateur d'idées

Vous êtes apprécié pour vos connaissances du fonctionnement humain et pour votre sens de la communication. Votre esprit d'analyse n'est pas votre unique talent pour étudier les problèmes. Votre intuition vous trompe rarement. Justement parce que vous cherchez vos solutions en dehors des sentiers battus, vous parvenez plus rapidement au but que vos collègues.

Profil : pendant que vos collègues se retranchent derrière leur bureau de travail et disparaissent sous des montagnes de paperasse, vous excellez dans le domaine de la communication. Vos idées les plus lumineuses germent pendant que vous discutez ou bien lorsque vous jouez au golf. Or, c'est justement votre redoutable intuition qui vous a empêché jusqu'à présent de vous organiser convenablement. Il est certain que votre sens de la communication vous rend très efficace dans l'analyse des problèmes et les responsabilités importantes. Mais lorsqu'il s'agit d'organiser vos activités quotidiennes, vous vous laissez constamment déranger. Replongez-vous en pensées dans votre semaine passée : le téléphone sonnait sans arrêt, les collègues surgissaient dans votre bureau sans s'être préalablement annoncés et, pour couronner le tout, des documents importants, des numéros de téléphone et des notes ont soudainement disparu. Une nouvelle fois, vous êtes finalement parvenu à mener à bien une partie seulement de vos activités.

Conseil : grâce à une bonne méthode de management, vous devriez parvenir à réduire considérablement les facteurs de dérangement. Consacrez-vous par exemple une « heure calme » par jour afin de pouvoir vous concentrer sur vos activités. Les gens créatifs et caractérisés par une belle aptitude à la communication ont souvent du mal à poser les limites face à autrui. Un stage de management adapté à votre contexte professionnel vous serait d'une aide précieuse, et vous pourrez ainsi apprendre les techniques de base d'une organisation personnelle efficace.

Type 5 : celui qui a toutes les cordes à son arc

Votre force, c'est votre multiplicité. Vous avez facilement accès à différents domaines d'activité, mais surtout, vous ne perdez jamais de vue l'essentiel. Lorsque vous entreprenez quelque chose, vous allez jusqu'au bout, car vous avez des objectifs clairement définis.

Profil : votre succès est basé sur une organisation personnelle efficiente, pour la mise en place de laquelle vous avez su développer tous les talents. La définition des priorités et des objectifs va de soi pour vous permettre de vous plonger le plus efficacement possible dans de nouveaux domaines. Mais pour affiner le pilotage de vos multiples activités, vous n'avez pas encore trouvé de solution idéale. Vous préférez planifier vos journées sur un support écrit car vous prenez plus facilement note sur le papier que sur l'ordinateur, et paradoxalement vous souhaitez que vos collègues puissent avoir accès à votre programme et inversement.

Conseil : essayez de combiner les systèmes papier et informatique. Une telle méthode vous offrirait une efficacité et une souplesse maximales. Mais méfiez-vous du choix des systèmes, car ils doivent impérativement être compatibles. Les programmes, listes d'adresses, etc., mis au point sur PC doivent absolument pouvoir être imprimés au bon format, afin que vous puissiez les intégrer à votre organiseur classique.

C'est la seule manière de pouvoir faire fonctionner efficacement et simplement les deux systèmes conjointement.

Type 6 : l'innovateur

Votre moteur dans la vie, c'est votre curiosité. Vous cherchez constamment les améliorations et n'êtes jamais pleinement satisfait du résultat.
Vous ne vous reposez évidemment jamais sur vos lauriers, car vous prenez plaisir à développer continuellement vos propres capacités.

Profil : votre quotidien de travail est structuré et planifié par vous-même de manière conséquente. Vous êtes apte à distinguer les activités importantes de celles qui sont urgentes et vous vous laissez rarement déconcentrer. Vous utilisez certainement un système classique d'organiseur avec feuilles mobiles et recharges, mais votre curiosité insatiable vous a déjà probablement poussé depuis longtemps à tester d'autres types d'agendas. Vous avez sûrement connu plusieurs générations d'assistants personnels électroniques et vous avez également saisi l'occasion de vous familiariser avec les différentes méthodes sur PC.

Conseil : votre curiosité pour tout ce qui est nouveau est un atout. Mais prenez garde à ce que les systèmes que vous souhaitez combiner soient compatibles, sinon vous prendrez le risque de manipuler des informations qui n'auront pas été uniformisées. La multiplicité mal gérée peut induire en erreur au lieu d'affiner le point de vue. Les échanges d'informations entre organiseur et ordinateur doivent être simplifiés au maximum et le format à l'impression doit correspondre parfaitement à celui de l'organiseur classique.

Type 7 : en équilibre entre deux mondes

L'ordinateur vous relie au monde. Votre notebook est toujours sur vous, même lorsque vous quittez le travail. Si vous ne manifestez aucune appréhension face aux nouvelles technologies, vous vous montrez cependant traditionnel sur un seul point : vous notez toujours vos rendez-vous, contacts et activités sur le papier, car vous avez besoin de les visualiser noir sur blanc et non sur l'écran de l'ordinateur.

Profil : vous vous efforcez d'inscrire tous vos rendez-vous, contacts et activités sur le papier. Le fait de noter souvent des informations importantes sur de simples mémos vous met quelquefois dans l'embarras, car vous ne savez plus en fin de journée où ils ont bien pu passer.

Conseil : mettez un terme à votre système de mémos et ayez plutôt recours à un organiseur classique. Vous devriez également réfléchir à la possibilité de transférer vos rendez-vous sur ordinateur, car vous pourrez alors les imprimer à tout moment pour les reporter dans votre agenda.

Type 8 : le stratège

Vous êtes un bon stratège et maîtrisez bien votre emploi du temps. En revanche, vous ne souhaitez pas accorder plus de temps que nécessaire à votre ordinateur. Étant donné qu'il génère constamment de nombreux problèmes, vous considérez que vous lui en consacrez déjà beaucoup trop.

Profil : au sein de votre groupe de travail, vous parvenez à superviser efficacement l'état des rendez-vous et le suivi des projets. Chez vous, le revers de la médaille est qu'il est long et difficile de trouver un accord avec chacun des membres de l'équipe. Vous devez également évaluer quotidiennement une quantité importante d'informations pour vous maintenir au fait.

Conseil : pour la mise en réseau d'un groupe de travail, l'ordinateur est une solution incontournable. Ce moyen permet d'intégrer des rendez-vous dans l'emploi du temps de vos collaborateurs, de superviser tous les projets et d'avoir un aperçu de la situation actuelle, et comporte bien d'autres avantages encore. Mettez donc le PC à votre service et vous serez étonné de sa merveilleuse utilité. Vous n'êtes pas pour autant obligé de vous livrer à lui pieds et poings liés. Il vous est toujours possible d'avoir recours à votre organiseur classique à tout moment.

Type 9 : le perfectionniste

Félicitations ! Vous connaissez les règles de base du management et de la gestion du temps de travail. Vos journées sont efficacement structurées et vous avez tous les éléments en main. Vous êtes capable, selon les projets et les obligations, de vous plonger dans les deux univers du papier et du virtuel, et de vous y sentir parfaitement à l'aise. Étant donné que vous passez de nombreuses heures sur l'ordinateur, vous l'avez adapté à vos besoins en matière de programmation de la journée, gestion des rendez-vous et suivi des projets. Avec la mise en réseau, vous pouvez avoir accès très facilement aux fichiers de votre équipe.

Lorsque vous dînez le soir entre collègues, vous avez certainement toujours à portée de main votre organiseur classique. Vous êtes un vrai professionnel de l'organisation et de la gestion du temps de travail. Bonne continuation !

Source : Test de gestion du temps de Time/system.

Ne perdez pas votre objectif de vue

Prenez l'habitude de préparer chaque soir la journée du lendemain en posant vos réflexions sur le papier. Faites en sorte de visualiser le déroulement du lendemain !
Pensez aux activités réellement importantes que vous devrez mener à bien. Définissez par écrit un moment pendant lequel vous pourrez vous y consacrer.

Conseil

Une bonne journée de travail ne doit pas être synonyme de stress : une activité complexe rondement menée apporte de la satisfaction, un sentiment d'apaisement. Le stress ne provient pas de tout ce que nous avons effectué, mais de tout ce que nous n'avons pas maîtrisé. Ce sont en réalité nos échecs et nos inaptitudes qui nous rongent !
Le stress, c'est également une sorte de mauvaise conscience.

Une bonne préparation psychologique :

- Votre subconscient se prépare déjà à ces activités et anticipe sur les solutions lorsque vous êtes sur le chemin du retour le soir ou en route vers le bureau le matin.
- Le fait de pouvoir envisager la veille vos principales activités du lendemain vous prépare mieux à cette prochaine journée de travail. Celle-ci ne vous apparaît plus alors comme une corvée insurmontable et difficile à accomplir.
- Vous vous laissez beaucoup moins facilement distraire par des affaires sans importance. Celles-ci vous causaient auparavant retard et stress par le fait que vous étiez contraint de repousser constamment à plus tard le traitement des activités plus importantes, vous obligeant alors à travailler en dehors des horaires d'ouverture avec un sentiment très net de frustration.

... et encore une fois : ne perdez pas vos objectifs de vue lorsque vous posez votre emploi du temps et vos priorités sur le papier. Un organiseur performant permet de se plier à une certaine discipline en phase de démarrage : une bonne résolution qui vaut vraiment la peine !

La programmation de vos projets permet de vous assurer le succès dans la réalisation de vos projets. Arrangez-vous pour obtenir l'assentiment de votre environnement.

Je vous souhaite plus de temps et une belle réussite !

Index

Synthèse

Vos projets de mesures personnelles

Que vais-je entreprendre à partir d'aujourd'hui pour améliorer la gestion de mon temps de manière durable ?

Activité	Priorité A	B	C	Quoi ? (réflexions, méthode, thème, etc.)	Fait pour	Contrôle OK ✓

Vos notes personnelles

Vos notes personnelles

Vos notes personnelles

Vos notes personnelles

Imprimé en Italie par Rotolito Lombarda

pour le compte des
Nouvelles Éditions Marabout
D. L. n° 71097 – Avril 2006
ISBN : 2-501-04040-6
40-3909-5 / Édition 03